안
느끼한
산문집

안
느끼한
산문집

강이슬 지음

밤과 개와 술과 거즘들.

whale books

우리가 아프거나
망하지 않기를

방송국 막내 작가로 3개월 동안 일해서 받은 돈이 40만 원 남짓이었던 적이 있다. 그러니까 두 달 동안 무급이었고, 3개월째 되는 날 39만 몇천 원이 통장에 찍혔다. 고작 그 돈을 벌면서 나는 욕을 많이 먹었고 그래서 자주 화나 있었다. 그즈음에는 어느 날이든 회사에서 몹시 털렸다. 퇴근 후 반쯤 녹은 정신과 육체를 잘 펼쳐서 당시 내가 살던 반지하 집 바닥에 널었다. 빛이 들지 않아서인지 눅눅한 기분이 쉽게 증발될 것 같지 않았다.

하수구에서 올라오는 구린내를 맡으며 속으로 윗분들을 씹었다. 그러다가 발치에서 이상한 움직임을 감지했다. 온몸에 소름이 끼쳤다. 벌떡 일어나 발치를 노려보았다. 시커먼 꼽등이가 딱 버티고 있었다. 아이고 내 팔자야. 신세를 한탄하며 휴지를 두껍게 말아 가까이 다가갔는데 시커멓고 흉한 꼽등이 대신 예쁘게 반짝거리는 귀뚜라미가 있었다. 그 순간 개한테서 나를 봤다.

가까이서 꼼꼼히 뜯어보면 예쁜 귀뚜라미를 멀리서 대충 보고 쓸모없는 꼽등이 취급하는 세상에 구역질이 났다. 나는 화를 참지 못하고 당장 페이스북 앱을 열어 글을 썼다. 나처럼 풀 죽어 있는 사회 초년생을 귀뚜라미와 꼽등이에 비유하면서 높은 데서 대충 보느라 인재를 알아보지 못하는 기성세대를 향한 분노를 담은 간질간질한 시였다.

시의 여파는 대단했다. 그 후 오랫동안 '불쌍한 귀뚜라미'라는 별명으로 살아야 했기 때문이다. 그 시를 삭제하며 다짐했다. 앞으로는 창피한 글을 쓰지 않으리! 감성이 흘러넘치는 느끼한 글로는 내 진심을 전하기 힘들다는 사실을 깨달았다. 어쩔 수 없이 차오르는 감성에 판단력을 잃어 불쌍한 귀뚜라미를 잇는 명작을 쓰지 않으려고 책의 제목을 '안 느끼한 산문집'으로 미리 정했다. 자신을 위해 설치한 덫이었다.

덫 안에서 나는 안전했다. 느끼함으로부터 나를 지키며 내가 사랑하는 모든 것, 밤과 개와 술과 돈과 키스 등에 얽힌 이야기들로 《안 느끼한 산문집》을 차근차근 채우며 행복했다. 책을 쓰는 동안 나와 자신을 이루는 모든 것을 살뜰하게 살피며 내가 행복에 집착한다는 사실을 알았다. 나는 정말로 행복에 집착한다. 행복을 향한 집착만큼 건강한 정신병은 또 없을 거라고 정신 승리까지 해가며 강박적으로 행복을 탐한다.

어느 해 겨울, 내가 사는 옥탑방에 친구들이 모였다. 우리는 값싼 술과 직접 만든 음식을 먹으며 수많은 주제를 떠들었다. 그날 우리가 술에 취해 나누었던 거의 모든 대화가 희미하지만 함께 따라 불렀던 노래의 한 소절만은 또렷하다. 자이언티가 부른 〈양화대교〉의 후렴이었다. 행복하자. 아프지 말고.

술에 취해 목청껏 그 노래를 따라 부를 때 나는 왠지 울고 싶었다. 우리가 지금 당장 아프지 않고 행복하다는 사실에 대한 안도와 어쩌면 훗날 아프거나 망해버려서 행복하지 않을지도 모른다는 불안함 때문이었다. 나는 행복하고 싶다. 아프거나 망하고 싶지 않다. 나의 행복을 위해서 내가 사랑하는 이들도 아프거나 망하지 않고 행복했으면 좋겠다.

《안 느끼한 산문집》을 쓰는 동안 이래도 되나 싶을 정도로 아주 많이 행복했다. 이 책을 읽는 누군가에게도 내 행복이 스민다면 정말 좋겠다. 그러면 나는 확실히 오랫동안 아프거나 망하지 않을 것 같다. 그러므로 당신이 꼭 행복하기를 집착적으로 빌어본다.

*주의: 내 행복은 감염 위험이 높은 바이러스를 닮아서 이 책을 읽는 동안 마스크만 끼지 않는다면 당신은 높은 확률로 행복을 앓게 될 것이다. 정말이다. 내가 주문을 걸었다.

차례

일러두기

*원문의 느낌을 살리기 위해 사투리, 비속어 등 몇몇 표기는 수정하지
 않았습니다.

1장

보증금,
너에게
청춘을 바친다

혼란의 여름:
성인방송 작가

내 인생에서 헛웃음이 가장 많이 나왔던 석 달을 기억한다. 성인 채널에서 작가로 일했던 몇 년 전 여름은 내가 당연하게 여겨온 거의 모든 윤리와 개념 들이 끊임없이 부딪히거나 사라지는 나날이었다. 매 순간 직업 정신과 페미니즘 사이에서 고민하고 또 싸워야 했으며, 불쾌하지만 납득해야 했고, 화가 나는 동시에 부끄러웠던 혼란의 여름이었다.

친한 선배가 〈SNL〉을 쉬는 동안 가볍게 일해보라며 성인방송 작가 자리를 소개해줬다. 나는 돈이 필요하기도 했고 소문으로만 들어오던 성인방송 일이 궁금하기도 해서 아주 흔쾌히 OK를 했다. 그때 나는 이 일을 잘할 수 있을 거라고 믿어 의심치 않았다. 외국 여행을 하면서, 또 몇 년 동안 〈SNL〉 작가로 일하면서 익히고 들어온 야한 이야기와 농담으로 잔뼈가 굵어지지 않았던가! 이 정도 짬이라면 성인방송 일쯤은 머리나 식힐 겸 가볍게 할 수 있을 것 같았다.

출근 첫날, 내가 일할 층의 엘리베이터 문이 열렸을 때 제일 처음 들었던 생각은 '어……? 나 좀 좆 된 것 같은데?'였다. 그러니까 엘리베이터 문이 열리고 내가 제일 처음 본 건 다름 아닌 '야동'이었다.

방송국에 한 번이라도 가본 사람이라면 알겠지만 방송국 사무실에는 TV가 정말 많다. 그 많은 TV에서 해당 채널 프로그램의 홍보 영상이 끊임없이 플레이된다. 내가 일하게 된 성인방송국도 어쨌든 방송국이고, 그곳에서 다루는 콘텐츠는 야한 동영상과 영화였으니 수십 대의 TV에서는 당연하게 온갖 종류의 섹스 장면들이 나오고 있었다. 그리고 그 무수한 묵음의 섹스 영상을 배경으로 정장 차림의 직원들이 프로페셔널하게 일하는 중이었다. 온갖 체위가 난무하는 스크린 앞에서 어린 사원과 부장급 어른이 태연하게 안부를 묻는 모습도 보였다. 아이러니하게도 바로 맞은편 사무실은 힐링 채널이었고 그쪽 TV에서는 단양에 여행을 간 리포터가 평화롭게 패러글라이딩을 하는 모습이 나오고 있었다. 처음으로 교양 방송작가이고 싶었다.

그때 만난 PD님은 성인 프로그램을 7년인가 8년째 하고 있었는데 그의 말버릇은 "아, 교양 하고 싶다"랑 "진짜 내가 곧 이 바닥 뜬다"였다. 언젠가 PD님에게 왜 다른 프로로 옮기지 않고 거의 10년째 이 바닥에서 일하고 있느냐고 물어본 적이 있다. PD님은 "빌어먹을, 시청률이 잘 나오잖아. 팀장이 안 옮겨줘"라고 대답했다. 아…… 저주받은 재능이란 이런 것일까?

PD님은 성인방송을 하도 오래한 탓에 이제는 성욕도 없고 연애도 일처럼 느낀다고 말했다. 그는 일본 출장에서 돌아올 때면 다양한 신상 자위 기구를 한 박스씩 사 와서 후배 PD에게 나눠주며 "나는 더 못 하겠으니 써보고 리뷰해"라고 말했다. 그에겐 자위도 안 하면 밀리고 쌓이는 '일'이었다. PD님이 안타까웠다. 참 색다른 차원에서 느껴보는 연민과 동정이었다.

'좋은 체위'를 주제로 회의를 하던 날이었다. '좋은'이란 상대적이고 개인적인 개념이어서 회의 방향이 자연스럽게 본인의 경험 쪽으로 흘러갔다. 키가 190센티미터에 가까운 까맣고 우락부락한 40대 PD님이 본인이 좋아하는 체위를 자세하게 설명하는 걸 듣고 있자니 당연히 불쾌하고 또 민망했지만 티를 낼 수 없었다. 왜냐하면 이건 회식 자리에서 개저씨 부장이 하는 성희롱이 아니라 돈을 받고 하는 '일'이었기 때문이다. PD님은 69 자세를 제일 좋아한다며 그게 왜 좋은지, 침대에서 할 때와 방바닥에서 할 때가 어떻게 다른지를 진지하게 늘어놓았다. 나는 더 진지하게 그걸 회의록에 받아 적었다.

메인 PD: 69 자세 선호, 침대 위가 더 좋음

한참 회의를 해도 이렇다 할 결론이 나지 않자 곧이어 너무너무 피하고 싶었던 순간이 왔다. PD님이 "막내 너는 어떤 체위가 좋은데?" 하고 물었다. 나는 나이가 가장 어린 막내였고 이제는 내가 제일 좋아하는 체위를 말할 차례였다. 나는 최대한 쿨한 표정을 지으며 고민하는 척했다.

"음⋯⋯."

오만 가지 생각이 들었다. 어디서부터 어디까지 이야기해야 프로페셔널해 보이면서도 '현타'를 느끼지 않을까. 맞은편에 앉은 선배가 네 마음 다 안다는 눈빛을 보냈다. 나는 한쪽 미간을 약간 찡그리며 웃었다. 1초가 1억 년 같았다. 뭐라도 말해야 했는데 도무지 입이 떨어지지 않았다. 그러자 PD님이 친절하게도 선택지를 불러주었다.

"여성상위, 뒤치기, 가위치기 뭐 많잖아? 그냥 편하게 얘기해."

나는 머쓱하게 웃으며 "뒤치기요" 하고 대답했다. PD님이 그랬던 것처럼 나도 방바닥과 침대에서의 차이를 덧붙여야 하나 고민하다가 관두었다. 싱겁게 끝난 내 이야기를 듣고 PD님은 "기 뭐라고 오래 걸리노. 그냥 편하게 빨리빨리 얘기해. 회의 길어지잖아"라고 했다. 내가 좋아하는 섹스 자세를 상사와 동료 앞에서 빠르고 정확하게 이야기하지 않으면 피해를 주는 일을 하고 있다니, 이루 말할 수 없는 현타가 몰려왔다. 나는 표정을 숨기려 고개를 처박고 회의록에 적었다.

막내 작가: 뒤치기 선호

2주 동안의 회의를 통해 만든 내용으로 녹화를 하는 날이었다. 리딩을 위해 모인 배우들에게 이번 녹화 때 어떤 게임과 토크를 할 것인지 등을 간략히 일러주고는 "10분 뒤 모이겠습니다" 하고 공지했다. 그리고 막 뒤돌아 나가려는데 PD님이 공지를 하나 더 덧붙였다.

"여배우들 속바지 입지 마라. 너희 팬티 하나도 안 보인다."

나는 '이거 너무 무례한 거 아닌가?' 생각하면서 여성 출연자들이 상처받았을까 걱정이 돼 급히 그녀들을 살폈다. 순간 여성 출연자 중 한 명이 아무렇지도 않게 짧은 치마를 들어 보이더니 "속바지 안 입었어요" 하며 자기 팬티를 보여주었다. 나머지는 입고 있던 속바지를 그 자리에서 벗기 시작했다. 그 모습을 본 PD님은 엄지를 들어 보이더니 "프로페셔널해"라고 말하고는 담배를 피우러 나갔다. 모두 자연스럽게 움직이는 와중에 나만 발이 땅에 박힌 것처럼 멈춰 있었다. 혼란스러웠다. 여기에서는 나만 아마추어였다. 월급값을 하기 위해 최선을 다하는 프로들 사이에서 나만! 프로페셔널하지 못한 사람이 된 기분은 아주 더러웠다. 나는 더 열심히 해야겠다고 생각했다. 그런데 도무지 뭘 열심히 해야 할지 감이 잡히지 않았다.

그날의 게스트는 무명 트로트 가수였다. 그녀는 소속사의 강요로 하는 수 없이 성인방송에 출연하게 되었고 녹화 내내 '나 이런 일 하는 사람 아니에요' 하는 티를 팍팍 냈다. 이를테면 여성 MC들이 야하게 춤추는 모습을 인상을 잔뜩 쓴 채로 바라보거나, 좋아하는 체위를 물으면 불쾌함을 감추지 않고 "꼭 대답해야 해요?" 하는 식이었다. 나는 그녀를 보며 생각했다.

'이거 너무 무례한 거 아닌가?'

우리 입장에서 그녀는 불성실한 아마추어였다. 보다 못한 PD님이 모니터 룸에서 플로어로 내려와 게스트에게 똑바로 하라고 다그쳤다. 게스트는 열 내는 PD님을 지나치며 "뭘 똑바로 하라는 거야?" 하고 작게 혼잣말했다. 나는 '참 나, 돈을 받았으면 똑바로 해야지' 하고 속으로 대답했다. 사실 뭘 똑바로 해야 하는지는 나도 잘 몰랐다.

그날 녹화가 끝난 뒤 우리는 회식 장소에서 다시 모였다. 제작진과 출연자 들이 주거니 받거니 술잔을 기울이다가 자연스럽게 고충을 털어놓기 시작했는데 놀라울 만큼 정상적이고 근본적인 고민들이 오갔다. 거의 모든 이야기가 기억에 남지만 유난히 인상 깊었던 고충은 남성 출연자 A가 느끼는 딜레마였다.

A는 서로 쉬쉬하는 대한민국의 성 문화가 언제나 불만이었다고 했다. 섹스는 나쁜 것도, 아름다운 것도, 불결한 것도 아닌 그냥 섹스일 뿐인데 왜 음지에 있어야 하나. 왜 대한민국 방송에서는 소리 높여 '섹스'라고 당당히 말할 수 없나. 이렇게 쉬쉬하니까 자라나는 대한민국의 새싹들이 올바르게 섹스를 배울 기회를 놓치는 것이라고 힘주어 말했다.

A는 성인방송 MC를 제안받았을 때 사명감을 가지고 응했노

라고 덧붙였다. 성은! 섹스는! 부끄러운 것이 아니라는 사실을
사람들에게 알려주고 싶었다고 했다. 그런데 이런 식은 아닌 것
같다고 했다. 어쩌다 자신보다 훨씬 어린 여자 출연자를 무릎에
앉혀놓고 여성상위 자세를 흉내 내게 되었나 하는 자괴감이 든
다고 했다. 가만히 듣던 PD님은 "광고 붙으려면 어쩔 수 없어.
이렇게 입소문 타다 보면 언젠가는 바뀌겠지" 하고 말했다. 여기
저기에서 쓴 한숨들이 터져 나왔다.

　자본주의 사회에서 방송을 하려면 광고는 필수 불가결이다.
프로그램 제작진들은 더 많은 광고를 받기 위해 앞다투어 더욱
자극적인 아이템을 찾는다. 출연자와 제작진의 사명감만으로는
바꿀 수 있는 게 많지 않다. 그러나 어쩌면, 정말 어쩌면! 이런
방송들을 향한 시청자들의 피드백이 활성화되면 이를 반영하는
과정에서 시나브로 대한민국의 섹스 문화를 양지로 선도할지도
모르는 일이었다. 그렇게만 된다면 출연자 A의 결단이 영 무의
미한 객기일리만은 없지 않을까.

　나는 내가 하고 있는 일이 굉장히 많은 딜레마의 유기체 같다
고 생각했다. 우선 페미니즘의 관점에서 보면 이보다 더 쓰레기
같은 프로도 없었다. 여성의 신체를 상업적으로 소비하고 여성
을 하대해서 돈을 버는 저질 프로니까. 나는 여권을 낮추는 일로

돈을 벌었다는 사실이 후회스럽고 부끄럽다. 하지만 이 프로의 제작 과정 전체가 저질스러웠다고 단정할 수는 없다.

극과 극은 정말 통하는 것일까. 나는 성인방송 작가로 일하면서 평등의 끝을 보았다. 일단 이 성인 프로의 회의실에서 나는 순수, 순결의 판타지를 뒤집어쓴 20대 초반의 여자가 아닌 그냥 인간이었다. 그렇기 때문에 40대 남자 PD님처럼 당연히 섹스하는 인간으로 인정받을 수 있었다. 내가 '뒤치기'라는 단어를 이야기했을 때 나를 문란하다고 생각하며 인상을 찌푸리거나 혀를 차는 사람은 한 명도 없었다. 단지 "빨리 말해"라고 했을 뿐이다. 회의 시간이 길어지지 않도록. 만약 그때 "너는 어린 여자니까 얘기 안 해도 돼"라는 말을 들었다면? 하나도 고맙지 않았을 것이다. '뭐야 씨, 나도 직원인데? 나도 섹스 하거든?' 하고 속으로 뜨겁게 분노했겠지.

출연자 대기실에서는 여성과 남성이 한자리에서 옷을 벗는다. 이곳의 남성 출연자들은 여성의 벗은 몸을 대놓고 훑거나 면박 주지 않는다. 그냥 스쳐 지나간다. 그들은 서로에게 그저 맡은 바 열심히 일하는 직장 동료일 뿐이다. 속으로는 어떨지 모르지만 적어도 겉으로는 그런 척이라도 한다. 어찌 보면 짧은 치마를 갈아입으라며 조언이랍시고 월권하는 회사 상사보다는 훨씬 깨어 있는 사람들이라고 볼 수 있지 않나. 장소가 성인방송 대기실인 것 빼고는 굉장히 이상적인 그림이 아닌가?

직업의식에 관해서도 몹시 혼란하다. 섹스에 대해 문란하게 떠들고 야한 몸짓을 하는 배우들은, 그리고 성인 프로그램을 기획한 제작진들은 100퍼센트 천박한가? 프로그램을 위해 기꺼이 속바지를 벗는 여성 MC와, 두 시간 녹화에 100만 원이 넘는 출연료를 받고서 성인방송에 출연했음에도 약속한 야한 댄스 한 번 추지 않는 출연자 중 옳은 사람은 누구인가?

나는 아직도 위 질문들에 대한 정답을 하나도 찾지 못했다. 그때의 여름은 아직도 나를 자주 혼란스럽게 한다.

상실의
순기능

　루와는 5주년 하고 일주일 정도 더 사귄 뒤 헤어졌다. 그러니까 이별을 각오한 건 5주년 기념일이었고 일주일 남짓 보류하다가 결국 내가 먼저 헤어지자고 말했다. 우리가 헤어지던 날 루가 나에게 한 말을 아직도 기억한다. 어쩌면 평생 잊을 수 없을지도 모르겠다. 루는 처진 눈가에 맺힌 눈물을 꼭꼭 삼켜가며 "우리가 어떻게 헤어져"라고 말했다. 나는 눈물을 참지 않고 뚝뚝 떨어뜨리며 "그러게. 우리가 헤어지네" 하고 대답했다.

　우리는 헤어졌다.

5년 동안 눈물 콧물 빼가며 열심히 사랑했는데 결과는 이별이었다. 특별하다고 자부했던 우리가 이토록 평범하고 허무하게 정리될 줄 알았다면…… 뭐, 알았어도 별수 없이 열심히 사랑했겠지.

우리는 자타 공인 쿵작이 잘 맞는 커플이었다. 어느 정도로 쿵작쿵작 잘 맞았느냐면 2,000일 가까이 사귀면서 말다툼 한 번한 적이 없었다. 단 한 번도. 우리가 헤어졌다는 이야기를 들은 친구는 너흰 내가 꿈꾸던 사랑의 유토피아였는데 어쩜 그럴 수가 있느냐며 굉장히 허탈해했다. 애석하게도 사랑의 유토피아 같은 건 없었고, 설사 있더라도 우리는 아니었다.

나는 루가 정말 좋았다. 같이 있으면 문득 가슴이 세차게 둥둥 울려서 사랑한다고 하지 않으면 못 배길 만큼 좋았다. 그래서 어느 날은 열 번도 넘게 사랑한다고 말했다.

"사랑해 루, 사랑해. 루 손목에 있는 타투까지 사랑해."

그러면 루는 배시시 웃으면서 얼른 손목의 타투를 가렸다. 나는 손목을 가리는 루의 손을 억지로 치운 뒤 타투 위에 뽀뽀를 퍼부었다. 그 타투는 전 여자 친구의 이니셜이었다. 루는 전 여자 친구와 헤어지고 한참이 지난 뒤 그녀의 이름을 새겼다고 했다. 절대로 잊고 싶지 않아서 아주 두꺼운 필체를 골랐다고 했다. 나는 그 이야기를 듣고 나랑 헤어지고 나서는 내 이름을 이마에 새겨달라고 했다. 이니셜 말고 궁서체로. 루는 알겠다고 대답하면서 우리는 헤어질 일 없다는 말을 덧붙였다.

　루는 판다와 자연과 나를 세상에서 제일 사랑했다. 루는 사랑하는 것들 앞에서 눈물을 숨기는 법을 자주 잊었다. 인터넷으로 본 판다의 애교가 치명적일 땐 여지없이 눈에 눈물이 그렁했다. 함께 드라이브를 하다가 멋진 경치가 나오면 루는 차창 밖으로 고개를 내밀곤 했는데 관자놀이 부근에 말라붙은 눈물 자국으로 루가 울었음을 알아챌 수 있었다.

　어느 날 밤, 영상 통화를 하던 중에 루가 갑자기 불을 껐다. 왜 그러느냐고 물으며 불을 켜라고 말해도 루는 잔뜩 잠긴 목소리로 이제 시간이 늦었으니 자야겠다는 말만 되풀이했다. 나는 루가 울고 있음을 눈치채고 잔뜩 놀리는 목소리로 "너 또 울지?" 하고 물었다. 루는 아니라고 한참을 잡아떼다가 결국 불을 켰고 화면에 비친 루의 코끝은 벌게져 있었다. 길고 까만 속눈썹도 눈물에 젖어 뭉쳐 있었다. 이실직고하기를 우리가 연인이라는 사실이 새삼 감격스러웠고 그러다 보니 내가 너무 보고 싶어져 눈물이 났는데 우는 모습을 들키면 놀림받을까 봐 불을 껐다고 했다.

나는 그의 이름 마지막 글자 '루'가 '눈물 루'는 아닌지 늘 의심스러웠다. 우는 남자는 딱 질색이었지만 루는 사랑할 때만 우는 남자였으므로 그의 눈물은 언제나 기꺼웠다. 루는 우리가 헤어지는 날에도 사랑한다며 많이 울었다.

이따금 루와 헤어진 이유를 묻는 사람들이 있다. 그럴 때마다 마땅히 해줄 말이 없어 난감하다. 루와 헤어진 이유는 백만 가지인 동시에 하나도 없기 때문이다.

루와 헤어진 후 나의 하루는 240시간으로 늘었다. 단 한 번도 나를 루로 꽉 채운 적이 없는데 루 하나가 빠져나간 나는 텅 빈 벌판이었다. 주어진 거라곤 무한대의 시간뿐인 허허벌판 한가운데에 누워 무엇을 해도 절대 줄지 않는 시간을 쓰는 기분으로 한참을 살아야 했다. 며칠을 그렇게 보내다가 정신을 차리고 친구에게 연락을 했다. 루와 헤어졌고 시간에 눌려 질식해 죽어버리기 직전이니 내 시간 좀 같이 써달라고. 친구는 나를 교회에 데려갔다.

그날 목사님의 말씀 주제는 '토대'였다. 인간 세상에서 토대 삼아 믿고 의지했던 것들은 필연 흔들리고 변하게 마련인데 그럴 때 좌절하지 말고 변치 않는 예수님의 사랑을 기억하라는 말씀이었다. 다른 건 모르겠고 내가 절대 견고하리라 믿었던 토대가 정말로 무너졌다는 사실은 분명해서 눈물이 났다. 그러다가 나 또한 루의 무너져버린 토대라는 사실이 미안해서 또 울었다. 사랑하는 동안 절대 변하지 않으리라 루에게 약속했던, 이제는 거짓말이 되어버린 지난날의 진심들을 회개했다. 이렇게 한순간에 뒤돌아 떠날 거면서 나는 어쩌자고 그런 약속들을 쉽게 해버린 걸까. 루가 실수로라도 그 약속들을 다시 떠올려 상처받지 않기를 십자가 앞에서 빌었다. 그리고 하나님께 루를 보살펴달라고, 우리의 추억들 때문에 루가 다치지 않게 해달라고 오래오래 기도했다.

루와 헤어지고 난 뒤 나는 벌처럼 내려진 240시간을 채우기 위해 닥치는 대로 움직였다. 회사에 두 시간씩 일찍 출근하고 늦게 퇴근하며 그 주에 해야 할 일들을 몰아서 처리했다. 분야를 막론하고 책을 많이 사고 또 읽었다. 어떤 날에는 눈을 뜬 아침부터 잠들기 직전까지 책을 읽었다. 평소에 관심 없던 장르의 음악들을 찾아 들으며 콘서트를 예매했고, 스포츠라면 학을 떼던 내가 야구장이며 축구장에 부지런히 다녔다. 친구의 친구의 친구들까지 만나면서 7주간 모든 주말을 만남으로 채웠고, 넷플릭스의 온갖 드라마와 쇼를 섭렵했다. 일본어를 새로 배우기 시작했으며, 가죽공예에도 흥미를 붙여 작품을 두 개나 만들었고,

하루에 다섯 시간씩 주짓수를 연습하면서 첫 대회에서 메달을 땄다.

산처럼 쌓인 시간 더미들을 작은 삽으로 부지런히 퍼 나르며 필사적으로 살다가도 이게 다 무슨 소용인가 싶은 순간들이 찾아왔다. 그럴 때면 나는 무력하게 주저앉아 머리 위로 하염없이 쏟아지는 시간과 외로움과 후회 들을 오롯이 맞아야 했다. 아무리 많은 걸 손에 쥐고 있어도, 사랑하고 있지 않아서 나는 자주 공허했다. 아무것도 하지 않고 사랑 하나만 할 때는 가슴이 벅차 힘들 정도였는데 이제는 나에게 그런 날들이 있었다는 사실을 믿기가 어려웠다.

어쩌면 애초에 잘못 설계된 양팔저울을 가슴에 지고 살아가느라 이렇게 힘든 건가 싶었다. 사랑을 담은 접시가 바닥에 단단히 붙어서 반대쪽에 무엇을 아무리 많이 담아도 절대로 기울어지지 않을 양팔저울. 기울어진 접시 위에 아무리 많이 담아봤자 수평에 가까워지기는커녕 애써 담은 것들만 우르르 허물어질 텐데 나는 그 헛수고를 모른 척하며 계속하고 있는 것일지도 몰랐다.

⟨상실의 순기능⟩은 에픽하이 9집 수록곡의 제목입니다.

좌충우돌
상경기

고등학교 3학년 때, 한국지리 선생님은 말했다.

"서울에서 지하철을 탈 때는 신발을 벗어야 한다고. 너희 촌놈들! 특히 서울로 대학 가는 놈들! 지하철 탈 때 꼭 신발 벗어라. 안 그러면 촌놈인 거 단박에 들킨다고."

우리는 선생님에게 뻥치지 말라며 야유했다. 우리를 물로 보나 싶어서 어이가 없었다. 선생님은 황당하고 억울한 표정으로 말했다.

"허 참, 몰랐어? 아니, 아무도 몰라? 뻥 같지? 서울 한번 가

봐라. 너희만 신발 신고 지하철 타지, 이 촌놈들아."

고향을 떠나 대학교 근처 고시원으로 가던 날. 난생처음 타보는 지하철을 잔뜩 긴장한 채로 기다리고 있을 때 왜 하필 선생님의 황당한 거짓말이 떠오른 건지 모르겠다. 선생님의 말이 100퍼센트의 확률로 거짓말이라는 것을 알면서도 혹시 모른다는 불안함을 떨칠 수가 없었다. 선생님의 목소리가 머릿속에서 생생하게 리플레이되었다.

'너희만 신발 신고 지하철 타지, 이 촌놈들아.'

엄마가 싸준 반찬 보따리를 쥔 손바닥에서 땀이 배어 나왔다. 초조한 마음을 부여잡고 서울 사람처럼 지하철을 타기 위해 머리를 굴려 작전을 짰다.

작전 1. 지하철 문이 열리면 자연스럽게 신발을 벗으며 들어간다.

작전 2. 지하철에 타기 직전 신발 끈을 묶는 척하고 쪼그려 앉아 사람들의 동태를 살핀다.

작전 3. 선생님의 말은 거짓말이므로 신발을 신고 당당하게 지하철에 오른다.

터널의 어둠을 뚫고 지하철이 한 대 들어오고 있었다. 나는 침착하게 운동화 뒤축을 구겨서 뒤꿈치를 반 정도 빼놓았다. 사람들이 신발을 벗을 경우 뒤처지지 않고 따라 벗기 위해서였다. 마침내 지하철이 멈췄다. 자, 이제 몇 번째 작전을 실행할 것인가!

지하철 문이 열렸을 때, 작전은커녕 내리려는 자들과 오르려는 자들 사이에서 반찬 보따리를 잃어버리지 않으려 애쓰다 보니 이미 지하철 안이었다. 캠퍼스에서 신으려고 얼마 전 마련한 새 운동화만 괜히 구겨 신은 셈이었다. 작게 혼잣말을 했다.

"아…… 씨, 한국지리. 그럴 줄 알았어."

서울의 한 대학에 붙은 고등학교 동창과 강남에서 만나기로 한 날이었다. 드라마에서나 봤던 강남에 가서 밥을 먹을 생각을 하니 벌써 체한 느낌이었다. 강남의 밥값이 어느 정도일지 무척 걱정되었기 때문이다. 나는 혹시 몰라서 버스에 타기 전 은행에 들러 30만 원을 인출했다.

코가 뭉개지는 것도 아랑곳하지 않고 버스 창문에 딱 붙어 강남을 구경했다. 자꾸만 턱이 벌어졌다. 옆자리에 사람이 앉아 있다는 것을 까먹고 육성으로 감탄사를 뱉을 정도로 압도적인 풍경이었다. 말도 안 되게 높은 빌딩들이 말도 안 되게 많았고, 말도 안 되게 넓은 차도에 말도 안 되게 많은 차가 있었다. 사람도 말도 안 되게 많았다. 강남은 그냥 말이 안 되는 도시였다. 그러다가 불안해졌다. 도대체 이 말도 안 되는 도시의 밥값은 얼마일까. 밥값까지 말도 안 될까 봐 걱정되었다.

그래도 30만 원씩이나 가져왔는데 설마 밥은 먹을 수 있겠지 생각하며 여유를 가지려고 애썼다. 그러나 여유는 애쓴다고 가질 수 있는 것이 아니었다. 불안해서 친구에게 문자메시지를 보냈다.

너 얼마 가져왔어? 강남 밥값 많이 비쌀까?

친구는 40만 원을 들고나왔다고 했다.

정류장에 내려서 친구를 만났다. 우리 둘의 눈은 평소보다 훨씬 커져 있었다. 목소리도 평소보다 두 톤은 높았다.

"이슬아, 여기 사람 진짜 많지 않아?"

"야! 너 건물들 봤어? 와, 영화 같지 않냐? 미국 같아! 왜 이렇게 높고 많아?"

"어어, 진짜 미국 같아!"

우리는 혹시라도 큰돈이 든 지갑을 잃어버릴까 봐 수시로 가방 속을 더듬으며 식당을 찾아 걸었다. 밥값을 우려하며 몇 분쯤 걸었을 때 우리의 지갑 사정으로 배를 채울 수 있을 것 같은 식당을 발견했다. 제일 잘 팔리는 메뉴로 추정되는 음식 사진이 식당 벽에 커다랗게 붙어 있었다. 우리는 그 메뉴를 주문했다.

"와퍼 세트요."

주문을 마친 뒤 나는 30만 원이 들어 있는 지갑에서 만 원짜리를 한 장 꺼내 버거킹 아르바이트생에게 건넸다. 친구는 40만 원이 들어 있는 지갑을 꺼내 계산했다.

생각보다 저렴한 강남 밥값에 안도하며 햄버거를 먹었다. 친구가 입안 가득 햄버거를 우물거리며 말했다.

"이슬아, 서울 사람들은 좀 짜게 먹나 봐."

"그니까, 좀 짜다. 나는 롯데리아 불고기버거가 더 맛있는 것 같은데."

"나도."

버거킹이 프랜차이즈 패스트푸드점이라는 사실을 몰랐던 우리는 햄버거를 먹는 내내 서울도 별거 없다는 이야기를 했다.

햄버거를 다 먹은 우리는 동대문에 가기로 했다. 그러니까 우리가 각자의 집에서 한 시간씩이나 걸려 도착한 강남에서 한 거라곤 버거킹에서 와퍼 세트를 먹은 것이 다였고, 이제는 강을 건

너 북쪽에 있는 동대문에 갈 참이었다. 그때 우리는 이게 얼마나 비효율적이고 희한한 계획인지 조금도 눈치채지 못했다.

동대문에 도착한 우리는 밀리오레에 갔다. 야외 무대에서 댄스 대회가 열리고 있었다. 그걸 조금 구경하다가 건물 안으로 들어갔다.

"서울 사람들은 다 동대문에서 쇼핑한대. 옷값이 싸대."

친구의 말에 나도 어디선가 들은 적이 있다고 맞장구를 쳤다.

쇼핑센터에 들어간 우리는 가진 돈을 다 털렸다. 사방에서 들이대는 계산기와 나보다 열 살은 많아 보이는 이모 삼촌 들의 '언니' 호칭에 혼이 빨려서 정상적인 사고를 할 수 없었기 때문이다. 저질스러운 소재의 반팔 티를 6만 원과 맞바꾸면서도 '서울에서 이 정도면 싸게 잘 산 거지' 하고 생각했다.

쇼핑을 닮은 강매에 한바탕 시달리고 잔뜩 지쳐 집으로 돌아가는 버스에 몸을 실었다. 카드를 찍은 후 버스 맨 뒷좌석에 옷 보따리를 끌어안고 앉았는데 뒤따라 탄 친구가 소곤거리며 물었다.

"이슬아, 왜 너랑 나랑 버스요금이 다르게 찍히지? 네 요금이 몇백 원 더 비싸."

"정말? 너 혹시…… 교통카드 티머니야?"

"응, 너는?"

내 교통카드는 '마이비'였다. 익산에서는 모두가 마이비 카드를 사용했기 때문에 자연스럽게 학창 시절부터 사용해왔고 무엇보다 충전을 몇만 원이나 해놓아서 얼마간은 별수 없이 사용해야 했다. 나는 화가 났다.

"아 진짜 서울 놈들! 되게 치사하네. 나 마이비 써서 돈 더 받나 봐. 시골에서 왔다고."

"너무한다 진짜. 티머니랑 요금을 다르게 받냐."

잔뜩 툴툴대다 보니 종착점이었다. 버스에서 하차하기 전에 친구가 단말기에 카드를 댔다. 나는 그 모습을 의아하게 바라보다가 그냥 내렸다. 버스에서 내려 친구에게 물었다.

"카드 왜 찍어?"

친구가 말했다.

"너는 안 찍어?"

내가 말했다.

"내가 왜 찍어?"

당최 이해할 수가 없었다. 환승할 것도 아닌데 왜 카드를 또 찍어야 하나.

친구가 서울 버스에서는 내릴 때도 카드를 찍어야 한다고 알려줬다. 하차할 때 카드를 찍지 않아서 추가 요금이 붙었던 것 같다는 말도 덧붙였다. 나는 갑자기 피로를 느꼈지만 어쨌거나 마이비 카드를 계속 사용할 수 있어 다행이라고 생각했다.

얼마 전, 집을 청소하다가 서랍 구석에서 빛바랜 마이비 카드를 찾았다. 코팅이 벗겨진 초록색의 촌스러운 카드를 보고 있자니 10년 전의 어리바리하던 내가 떠올라서 비실비실 웃었다. 그러다가 새삼 10년이나 서울에서 살았구나 싶어 멍해졌다. 인생의 3분의 1에 달하는 시간 동안 서울의 공기를 쐬고 서울의 물을 마시고 서울의 음식을 먹었으니 이제 나도 3분의 1쯤은 서울 사람이라고 봐야 할까. 그래도 어쩐지 '서울 사람'이라는 말은 참 멀고 어색하기만 하다.

보증금,
너에게 청춘을 바친다

이번 겨울에도 영락없이 수도가 얼었다. 낮에 깜빡하고 두 시간 정도 물을 틀어놓지 않았는데 그새 꽝꽝 얼어버리고 말았다. 해빙 업체 사장님 말에 따르면 오래된 이 빌라의 수도관은 열전도율이 높은 구리로 되어 있어서 영하의 날씨에 잠시라도 물을 틀어놓지 않으면 금세 꽝꽝 얼어버리는 것이라고 했다.

룸메이트인 박과 다시 한 번 진지하게 이사를 고민했다. 마침 올해 2월이면 계약도 끝나는데 겨울이면 수도가 얼고, 여름이면 하수구에서 똥 냄새가 올라오고, 수압은 형편없으며, 바닥 여기저기가 꺼지고 외벽 곳곳이 금 가 있는 이 집을 떠나버릴까.

"너 돈 있냐?"

"아니, 너는?"

"있겠냐."

"그럼 한 1년만 더 살까?"

우리는 2리터짜리 빈 페트병 여덟 개를 챙겨 1층에 있는 상가 화장실로 물을 받으러 갔다. 물을 받는 동안 생각했다. 내년에도 이 짓을 해야겠지.

수도가 얼면 변기 물도 내려가지 않기 때문에 1층 화장실에 온 김에 마렵지 않은 오줌도 미리 싸야 했다. 한겨울에 오줌 한 번 싸자고 벗어놓은 브라와 니트와 패딩과 바지와 양말에 꾸역 꾸역 몸을 넣고 4층에서 1층까지 내려가는 것은 죽기보다 귀찮 은 일이기 때문이다. 몇 명의 엉덩이가 닿았는지 모를 술집 변기 에 엉덩이를 붙였다. 엄청나게 차가웠다. 소름과 비참함이 등줄 기를 타고 몰려왔다. 내 집에서 오줌도 마음 놓고 쌀 수 없다니.

뒈지게 무거운 생수병을 이고 지고 집으로 돌아와 전기포트 에 받아 온 물을 데웠다. 그 물로 세수와 양치를 한 다음 남은 물 로 발을 씻고 욕실 바닥의 비눗물을 헹구었다. 로션을 바르고 잠 자리에 누우니 오줌이 마려웠다. 죽고 싶었다.

2년 전, 지금 살고 있는 보증금 2,000만 원에 월세 68만 원짜리 옥탑으로 이사를 왔다. 100만 원도 안 되는 월급을 쪼개고 쪼개 3년간 바득바득 모은 돈 800만 원과 박이 회사에서 대출받은 1,500만 원을 합쳐 마련한 집이었다. 전에 살던 보증금 300에 월세 25만 원짜리 반지하에 비하면 궁궐 같은 곳이었다. 이사를 온 날 박과 나는 축배를 들었다. 비록 옥탑이었으나 전과 비교하자면 이곳은 심적으로나 물리적(?)으로나 천국에 훨씬 가까웠으므로.

반지하 집에 비하면 해도 들고 평수도 넓었으나 옥탑은 옥탑이었다. 여름이면 숨이 막히게 더웠고 하수구에서는 똥 냄새가 올라왔다. 겨울이면 영하 5도만 되어도 수도가 얼었고, 전기장판과 보일러를 아무리 빡세게 틀어도 외풍 때문에 코가 시렸다. 오래된 이 빌라는 무너져가는 중인지 우리는 한 달에 한 번꼴로 바닥 중 새로 꺼진 곳을 발견했다. 노후된 수도 배관이 터져 공사한 지 1년도 되지 않았는데 이번엔 보일러 배관이 터져 거실 바닥에서 송골송골 물방울이 올라왔다. 계단 벽에 생긴 균열도 길어지거나 벌어지고 있었다. 이 건물의 구석구석이 목숨을 건지고 싶으면 빨리 나가라고 비명을 지르고 있었지만 우리는 돈이 없었다.

태풍이 불던 날, 지진이 났던 날, 강풍이 몰아치던 날. 아무튼 그런 종류의 날이면 박과 나는 두려움에 떨며 진지하게 생존 방법을 모색했다.

"야, 시발. 진짜 이 집 무너지면 어떡하지? 옥상으로 나가야 되냐?"

"옥상으로 나가면 백퍼 뒈져. 옥상도 존나게 후졌잖아."

"만약에 지진 나면 나는 호랑이* 챙길게. 너는 집 계약서 챙겨."

이런 식의 이야기는 늘 '돈을 열심히 벌어서 빨리 이사 가자'로 마무리되곤 했는데 우리가 충분히 열심히 살고 있다는 것은 둘 다 아는 사실이었다. 촌에서 태어나고 자란 우리가 상경한 뒤로 최선을 다해서 한 것이 있다면 바로 보증금 모으기였다. 얼마 되지도 않는 한 달 월급으로 월세 내고, 부모님 용돈 드리고, 보험 및 휴대전화 등 고정비를 지출한 뒤 남은 돈으로 코딱지만 한 적금을 붓고 나서야 다음 달 카드값을 당겨 치킨집에 가 기분을 좀 냈을 뿐이다. 우리는 맹세코 무료입장이 아닌 클럽에는 발 들인 적도 없고, 사치품도 하나 없다. 나는 샤넬 가방은 고사하고 립스틱도 없단 말이다.

---

* 박과 함께 키우는 치와와.

그렇게 열심히 보증금을 모으는데 통장에 구멍이라도 난 건지 나의 잔액은 늘 보증금의 발끝에도 못 미친다. 가난한 자들은 노력으로 보증금을 모을 수 없는 건지, 아니면 보증금이 안 모여서 가난한 노력을 계속하고 있는 건지, 이제는 뭐가 뭔지도 잘 모르겠다.

작년 연말, 술은 당기는데 밖에서 마실 돈은 없었던 우리는 냉장고를 털어 안주를 만들고 편의점에서 사 온 싸구려 와인을 맥주잔에 따라 마시며 기분을 냈다. 얇은 벽을 뚫는 외풍 때문에 시렸던 손발도 알딸딸하게 취기가 오르니 금세 뜨끈해졌다.

10시가 조금 넘었을까, 박이 화들짝 놀라며 다음 날 출근용 알람을 맞췄다. 오전 5시 30분, 31분, 32분, 33분, 34분, 35분 알람을 설정한 뒤 아까 1층에서 받아 온 물로 양치를 마친 박은 "나 또 자러 갈게" 하고 말했다. 퇴근하고 집에 온 지 네 시간 만에 박은 '또' 자러 갔다. 내일의 해가 뜨면 열심히 보증금을 벌어야 하기 때문에.

아빠 없는
밤

어린 시절 내가 가장 자주 그리고 심각하게 걱정했던 것은 아빠의 죽음이었다. 커다랗고 따뜻하고 다정한 아빠가 죽고 없는 삶이라니. 아빠가 죽으면 나는 어린이날에 누구의 차를 타고 놀이공원에 가야 하나. 우리 가족이 늘 앉던 긴 교회 의자의 빈자리는 누가 대신 채우지? 결혼식에는 누구의 손을 잡고 입장하며, 무엇보다 아빠 없는 애라고 친구들이 놀리면 어떡하나! 으악.

이렇듯 지독하게 현실적인 걱정들은 아빠가 늦게 귀가할 때 절정에 달했는데 그럴 때면 나는 엄마 몰래 아빠의 구두가 없는 현관에 나와 무릎을 꿇고 눈물을 질질 짜며 하나님께 기도했다. 하나님, 아직은 안 돼요. 제가 아빠보다 먼저 죽게 해주세요. 1등으로 죽는 건 동생이고요, 그다음에 제가 죽고요, 그다음에 엄마가, 마지막으로 아빠가 죽게 해주세요. 아멘.

그렇게 우리 가족이 죽는 순서를 하나님께 눈물로 부탁한 뒤 현관 벽에 기대어 초조하게 손톱을 만지작대고 있으면 문밖에서 발자국 소리가 들렸다. 곧이어 열쇠를 찾는 소리, 짤랑. 나는 아빠가 열쇠로 문을 따는 사이에 방으로 뛰어 들어가 이불을 덮고 자는 척했다. 아빠가 죽었을까 걱정하느라 울며불며 못 자고 있었다는 사실을 들킬 수는 없었다. 곧이어 아빠가 방문을 열어 자는 동생과 자는 척하는 나를 들여다보았다. 아빠의 몸에서 찬 공기와 술 냄새가 훅 끼쳤다.

아빠는 나의 자랑이었다. 아빠는 세상에서 제일 다정하고 힘이 세며 똑똑한 사람이었다. 아빠의 요리는 소금과 설탕을 바꿔 넣어도 천국의 음식처럼 맛있었고, 아빠가 해주는 재미있는 이야기는 지구에서 제일 우스웠다. 내가 재미있는 이야기를 해달라고 조를 때 아빠가 자주 들려주던 18번 유머가 있었다. 혀 짧은 할머니 집에 들어온 혀 짧은 도둑 이야기로, 도둑이 할머니에게 "꼼짝 마!"라고 말했더니 할머니가 너무 놀라서 "아, 깐짝이야!" 했다는 내용이었다. 나는 아직도 이 이야기가 그렇게 우습다.

열 살의 어느 이른 아침, 선잠 중에 엄마 아빠의 대화를 들었다. 웅얼웅얼하는 엄마 아빠의 목소리를 들으며 다시 잠을 청하는데 "가야지, 뭐 어쩌겠어" 하는 아빠의 목소리가 또렷이 들렸다. 엄마는 대답이 없었고 이어 빈 밥그릇을 끼걱끼걱 긁는 소리가 났다. 아빠가 어딘가로 멀리 갈 것 같다는 예감이 들었다. 차오르는 눈물을 숨기려고 졸린 척 눈을 부비며 거실로 나갔다.

"아빠 어디 가?"

아빠는 멀리 가야 한다고 했다. 어디로 가느냐 물었더니 사막이랬다. 그때까진 들어본 적도 없는 나라였다. 리비아.

사막에 물을 끌어오는 큰 공사를 하는데 거기에 아빠가 가야 한다고, 한 달 뒤에 떠나서 내가 열한 살이 되면 돌아온다고 했다. 나는 악을 쓰며 울었던 것도 같고, 어른스러운 척 눈물을 참았던 것도 같다. 이 믿기 힘든 이야기를 듣고 내가 어떻게 반응했는지 잘 기억나지 않는다.

한 달 뒤, 아빠는 정말 떠났다. 아빠가 없는 밤은 내가 열한 살이 될 때까지, 그러니까 365밤이나 계속될 거였다. 현관 앞에서 울며 기도해봤자 아빠의 열쇠 소리는 들리지 않을 것이었다.

엄마 말에 따르면 리비아라는 나라는 우리나라처럼 통신 기술이 좋거나 사람들이 성미가 급한 곳이 아니어서 전화 한 통화 하려면 답답함에 가슴을 몇 번이나 쓸어야 하는 곳이랬다. 엄마 는 정말 답답함에 가슴을 쳐가며 통화를 했다.

아빠한테 전화를 걸려면 아빠 회사와, 리비아 통신원과, 그 통신원이 연결해준 리비아 현지 회사와 사무실을 거쳐야 했다. 그러는 데만 꼬박 한 시간이 걸렸다. 그렇게 겨우 연결된 전화는 느렸고, 자주 그리고 맥없이 끊겼다. 전화가 끊기면 엄마는 한 시간을 더 가슴을 쳐가며 다시 전화를 걸었다. 그렇게 고생해서 걸어도 우리에게 주어진 통화 시간은 고작 10분 남짓이었다.

아빠와 첫 통화를 하던 날, 엄마는 나에게 절대 울지 말라고 신신당부했다. 내가 울면 아빠가 약해질 거라고 했다. 나의 크고 강하고 멋진 아빠가 약해진다니! 그 이야기를 들으니 더 눈물이 날 것 같았다. 나는 울지 않겠노라는 확신할 수 없는 약속을 하 고 전화를 받았다.

"아빠."

나의 목소리가 전화기 너머로 메아리처럼 퍼졌다.

아빠, 아빠, 빠…… 빠…….

희미해지는 내 목소리의 끄트머리를 붙잡고 아빠의 목소리 가 따라왔다.

"딸…… 딸…… 따…… 알……."

나는 아빠가 뱉은 첫음절을 듣자마자 울었다. 눈물을 뚝뚝 흘리며 조용히 울었으면 좋았을 텐데 그 정도의 자제력을 갖기에는 너무 어렸다.

"으아아아앙아아아아아아앙."

내 우는 소리가 아빠가 있는 먼 나라에까지 꼬리에 꼬리에 꼬리를 물고 이어졌다. 아빠가 뭐라고 하는 것 같았으나 내 울음소리에 덮여 맥없이 사라졌다. 엄마가 서둘러 전화기를 빼앗았다. 엄마가 전화기를 귀에 대고 아빠의 말을 기다리는 동안에도 내 울음은 여전히 전화기 안에서 메아리치고 있었다.

아빠가 없는 1년간의 밤은 매일같이 너무 길었다. 아빠가 참을 수 없게 보고 싶었던 어느 날 밤, 나는 현관에 있는 아빠의 구두를 바라보며 하나님께 기도했다. 하나님, 아빠가 약해지지 않게 해주세요. 아빠가 나 없는 데서 죽지 않게 해주세요. 살짝 열린 안방의 문틈 사이로 무릎을 꿇은 엄마의 뒷모습이 보였다.

엄마도 그곳에서 기도하고 있었다.

우리 집
개스키

우리 집 치와와는 5.2킬로다. 프라이드치킨보다 윤기 나는 황금빛 컬러에, 통통한 뱃살과 참깨만 한 고추, 꼬순내가 무한대로 뿜겨져 나오는 까맣고 조그마한 네 개의 발바닥을 가진 이 치와와의 이름은 호랑, 성은 박이다.

매일매일 집에서 빈둥거리며 혼자서는 산책도 못 나가고, 제가 싼 똥도 못 치우는 이 치와와가 작년 겨울에 무려 스와로브스키 광고에 '우리 집 개스키'로 출연하여 스스로 사룟값을 벌어왔다. 박호랑의 출연료를 내 통장으로 받던 날 이 녀석이 어찌나 기특하던지. 자식들이 돈을 벌어 올 때 부모들이 왜 그들에게 평소보다 더 거대한 사랑을 느끼는지를 온몸으로 이해했다.

우리는 호랑이를 재작년 5월에 데려왔다. 애를 데리고 온 날이 아주 생생하다. 전날 새벽 녹화를 마치고 주말 낮까지 늘어지게 자고 있는데 박이 내 옆에 눕더니 대뜸 휴대전화로 사진을 보여주었다.

"애 좀 봐봐."

졸려서 떠지지 않는 눈으로 박의 휴대전화를 쳐다보았다. 치와와 사진이 여러 장 있었고 그 아래에는 '시험 준비 때문에 키우지 못하게 되어서 어쩔 수 없이 입양 보냅니다. 책임비는 15만 원입니다. 사랑으로 키워주실 분 연락 바랍니다'라고 쓰여 있었다. 박이 말했다.

"곧 한 살이래. 근데 좀 못생겼지?"

치와와 사진을 보며 잠깐 생각했다. 이게 못생긴 얼굴인가? 사진 속의 치와와는 뭐랄까, 되게 노랬다.

"음…… 프라이드치킨 같아. BBQ 황금 올리브유 치킨 색깔이야."

박이 내 말을 듣더니 물었다.

"그게 뭔 소리야. 그래서 못생겼다고?"

"음…… 못생겼는데 매력 쩐다."

"그럼 한번 보러 갈래?"

"그러자."

우리는 택시를 타고 치와와가 있는 집으로 갔다. 황금 올리브 유 치킨 색깔의 치와와를 키울지 말지는 직접 보고 결정하기로 했다.

치와와의 첫인상은 강렬했다. 나와 박이 문을 열고 들어가자 마자 우리를 기필코 몰아내고야 말겠다는 사명감으로 온몸을 떨 며 바득바득 짖었는데 몸과 마음이 따로 노는지 꼬리는 바람개 비처럼 돌아가고 있었다. 심지어는 짖는 동시에 뒷발로 서서 앞 발로 물개 박수를 치는 기묘한 행동마저 보였다. 우리는 조금 당 황하여 애 왜 이러느냐는 눈빛으로 주인을 바라보았다. 남자는 대수롭지 않다는 듯 웃으면서 대답했다.

"만져달라는 거예요."

'저렇게 악마처럼 짖는데 어떻게 만져요?'라고 묻고 싶었으 나 참았다.

박과 남자와 나는 작은 오피스텔 바닥에 둘러앉았다. 치와와 는 경계를 풀지 않은 상태로 바르르르 떨며 나와 박의 냄새를 맡 았다. 남자가 물었다.

"강아지 키워본 적 있으세요?"

나는 고향 집에 부모님의 보살핌과 나의 돈으로 키우는 개가 세 마리나 있고, 강아지를 사람보다 사랑하며, 유기견 후원도 하고 있다고 대답했다. 박도 나 못지않은 다소 집착적인 애견인이라고 설명했다. 남자는 조금 안도하는 표정으로 본인이 치와와를 파양할 수밖에 없는 이유를 말했다. 중요한 시험을 앞두고 있어서 키우던 강아지 세 마리 중 두 마리를 지난주에 파양했고 얘가 마지막으로 남았다고, 얘는 얌전하고 착한 강아지이므로 좋은 주인을 찾았으면 좋겠다고 했다. 나는 남자의 이해하기 힘든 설명을 듣고 화가 났지만 티 내지 않고 대답했다.

"시험에 꼭 붙으셨으면 좋겠어요."

남자는 이 치와와가 얼마나 얌전하고 기특한지 설명하기 시작했다.

"겁이 좀 많지만 소심해서 그런지 하지 말아야 할 짓을 한 번도 한 적이 없어요. 벽지나 장판을 헤친 적도 없고, 제 물건을 물어뜯어 망가뜨린 적도 없어요. 아, 짖지도 않아요."

우리는 그러냐고 고개를 끄덕거리며 치와와를 쳐다보았다. 치와와는 우리와 눈이 마주치자마자 기다렸다는 듯 맹렬히 짖기 시작했다. 월워월월!

남자가 서둘러 말을 이어갔다.

"배변을 100퍼센트 가려요. 얼마 전에 고향 집에 일이 있어서 3일간 방을 비웠는데 똥과 오줌을 배변판에만 쌌더라고요."

나는 경악한 얼굴을 숨기지 않고 내뱉었다.

"3일은 너무 심하신 거 아니에요?"

30분 정도 이야기를 하다가 정신을 차려보니 박은 남자에게 책임비 명목의 15만 원을 입금하고 있었고, 집 밖으로 나온 우리 품에는 황금빛 치와와가, 양손에는 애견 가방과 장난감들이 들려 있었다.

택시를 타고 집으로 돌아와 거실에 내려주었더니 치와와는 정신없이 이곳저곳 냄새를 맡기 시작했다. 아까와 다르게 꼬랑지가 안으로 잔뜩 말려 있었다. 우리는 치와와가 스스로 다가오기 전까지 섣부르게 부르거나 만지지 않기로 했다.

박과 나는 거실 소파에 앉아 왠지 모르게 소곤거리며 치와와와 함께할 미래를 설계하기 시작했다. 얘와 함께하게 될 십여 년의 세월 중 오늘은 첫날이었고, 가장 먼저 이름을 지어주어야 했다. 여러 이름이 후보에 올랐다. 황금이, 고양이, (박)아지, (박)사님. 그러다가 강하고 담대하고 건강하고 세어지라는 의미를 담아 '호랑'이라는 이름을 지어주었다.

그렇게 호랑이와 함께 산 지 어느덧 2년. 호랑이는 제 이름처럼 세져서 산책하다가 만난 대형견 머리에 열정의 붕가붕가를 하며 권력을 자랑하는 담대한 강아지가 되었다. 우리 엄마는 강아지 이름을 '호랑'이라고 지었기 때문에 애 성격이 저렇게 더러운 거라며 이름을 '화평'이나 '체리'나 '성공' 같은 것으로 바꿔야 한다고 아직도 힘주어 말한다.

아무튼 치와와의 얼굴과 불도그의 어깨를 가진 호랑이는 전 주인의 설명과는 딴판으로 일주일에 한 번은 내 이불에 오줌을 싸고 벽지와 전기장판을 미친 듯이 긁어 헤치는 강아지이지만 그런 말썽들은 그에게 받는 위로와 무조건적인 사랑에 비할 바가 못 된다.

광고 촬영장에 가던 날, 무릎 위에서 잠든 호랑이를 보니 새삼 기특하고 감회가 새로웠다. 그러다가 문득 애를 데려온 날, 그러니까 황금빛 치와와가 주인에게서 버려진 날이 생각났다. 치와와는 그날, 주인이 중요한 시험을 앞두고 있기 때문에 버려졌다. 지금 생각해도 납득하기 어려운 이유였다. 이 세상에서 얼마나 많은 강아지가 인간의 비겁한 핑계들 때문에 버려질까.

2년 전의 황금빛 치와와를 비롯한 수많은 강아지는 주인이 작은 집으로 이사 가기 때문에, 사업이 망했기 때문에, 잘 짖기 때문에, 잘 물기 때문에, 심지어 다 커서 귀엽지 않기 때문에 버려진다. 수많은 '때문에'로 버려지는 강아지들의 상처는 주인을 사랑하기 '때문에' 쉬이 치유되지 않을 텐데.

괜히 짠해서 잠든 호랑이의 머리를 쓰다듬었더니 배를 긁어달라고 돌아누웠다. 잠들 때면 몇 배로 진해지는 꼬순내가 기분 좋게 훅 끼쳤다. 뜨끈한 호랑이의 배를 긁어주며 생각했다. 너는 비록 박씨 성을 가진 강아지이지만 박과 함께 사는 동안 행복하게 해주겠다고, 우리 품에 와서 얼마나 고맙고 다행인지 모르겠다고.

막내 작가
생존기

96만 7,000원.

〈SNL〉 막내 작가 시절 피, 땀, 눈물을 사무실에 뿌려가며 주
말도 없이 일해 벌어낸 월급이었다. 통장에 96만 7,000원이 찍
히자마자 월세 30만 원, 휴대전화 요금 8만 원, 이런저런 보험료
10만 원, 주택청약예금 5만 원이 빠져나간다. 40만 원 정도의 잔
액을 보고 땅이 꺼져라 한숨을 쉰 뒤 20만 원을 비상금 통장에
송금한다. 비상금을 모아놔야 방송이 쉬는 기획 기간을 살아낼
수 있다. 석 달마다 돌아오는 기획 기간 동안 들어오는 월급은

겨우 40만 원. 말 그대로 비상사태다.

빈 깡통이 요란하다고, 초라하기 짝이 없는 통장에 난리 법석으로 출금 내역이 찍히고 나면 잔액은 20만 원. 비참해서 눈이 질끈 감긴다. 애써 눈을 떠 남은 20만 원으로 디가올 한 달을 살아볼 궁리를 한다.

우선 밥값. 나는 거의 매일 출근하므로 30일 치의 점심값이 필요했다. 건강을 포기하고 편의점 음식으로 한 끼를 해결한다고 하면 한 달에 필요한 밥값은 약 10만 원. 에라이. 점심값을 제하고 나면 겨우 10만 원 남는다. 시발. 욕을 안 할 수가 없다.

과장이 아니고 100원 단위를 아껴가며 살아야 했다. 가만히 있어도 혀가 나올 듯 더운 여름은 물론 칼바람에 볼이 썰릴 것 같은 겨울에도 나는 40분씩 걸어서 출퇴근했다. 버스 카드를 찍을 때 나는 '삐빅' 소리, 그 돈 먹는 소리가 사람 잡는 찜통더위나 칼바람보다 훨씬 무서웠다. 나는 없는 중에도 어쨌든 살아내야 했으므로 세트장에 남아 버려질 운명인 소품과 도시락 들을 매주 챙겼다. 남들 눈에는 쓰레기 더미인 현장이 내 눈에는 노다지였다.

어느 가을 새벽, 소품이었던 2킬로그램짜리 잡곡 일곱 봉지를 욕심껏 이고 지고 끌며 집으로 걸어가는데 서러워서 눈물이 났다. 그래도 엉엉 울면서 끌고 온 곡식들로 따뜻한 잡곡밥을 지어 먹을 때는 행복해서 웃었다.

　새벽까지 야근하던 날, 우리가 시간 대비 버는 돈을 동기들과 따져보았다. 최저 시급의 반에도 못 미쳤다. 그 초라한 금액을 똥 싸는 시간도 아껴가며 최선을 다해 벌고 있다니……. 목사님 딸인 동기 가을이 생활비를 충당하려면 노래방 도우미 아르바이트라도 뛰어야 하는 거 아니냐고 말했다. 우리는 그냥 웃었다. 그날 새벽, 야간 할증이 붙은 택시비가 무서워서 캄캄한 거리를 한 시간이나 걸어서 퇴근했다. 유난히 많은 노래방이 눈에 띄었다.

　매주 일요일이면 고향에 있는 아빠가 안부 전화를 걸었다. 아빠는 늘 "방송 잘 봤다"고 말해줬고 나는 그날 방송에서 내 지분이 얼마나 되는지를 약간 부풀려 이야기했다. 그러면 옆에서 듣던 엄마가 성급하게 전화기를 뺏어 들고는 그래서 우리 훌륭한 딸 언제 내려올 거냐고 물었다. 나는 그때마다 일이 너무 바빠서 내려갈 수 없다고 말했다. 사실은 고향에 가는 왕복 기차비 3만 원이 죽었다 깨어나도 없었다.

　엄마는 이번 달에도 내 얼굴을 볼 수 없다는 사실에 아쉬워하며 밥은 잘 챙겨 먹고 다니는지 물었다. 나는 제육볶음과 육개장과 카레를 잘 해 먹는다고 대답했다. 그게 지난주 세트장에 버려지다시피 남아 있던 한솥도시락을 얼려놓은 것이라고는 절대로 말하지 않았다. 다시 전화기를 받아 든 아빠가 "용돈 보내줄까" 하고 물었다. 나는 "내 나이가 몇인데. 용돈은 무슨" 하고 쿨한 척 거절했다.

우리 팀 막내 작가들은 대부분 정수리 부근이 검은 투톤헤어였다. 뿌리 염색을 할 시간도 돈도 없었기 때문이다. 하루는 개그감이 뛰어난 출연자가 우스갯소리로 "강 작가 뿌염 해야겠어, 뿌염!" 했다. 나는 뭐라고 대답해야 할지 모르겠어서 살짝 웃었다. 거울을 보니 새삼 머리 뿌리가 거슬렸다. 손바닥 크기의 검은 뚜껑을 머리에 얹고 다니는 것 같았다. 그다음 주에 약국에서 제일 싸고 검은 양귀비 염색약을 사다가 머리 전체를 염색했다. 당분간 머리칼에 돈 쓸 일은 없을 터였다. 그 주에 다시 만난 출연자는 내게 밝은 머리가 더 잘 어울린다고 했다. 그날 집에 가서 일기장에 그 출연자 욕을 두 페이지 넘게 썼다.

제작진이나 스태프 앞에서 한없이 야박한 방송국 돈은 엄한 곳에서 줄줄 샜다. 어느 날에는 방송에 말하는 앵무새가 필요했다. "안녕하세요"였던가, "반갑습니다"였던가, 아무튼 다섯 마디 남짓 할 줄 아는 앵무새를 두 시간 정도 섭외했고 그날 앵무새는 80만 원을 벌어 갔다. 그 사실을 안 뒤로 나와 동기들의 목표는 '앵무새만큼 벌자'가 되었다. 앵무새이고 싶었다. 나는 30일을 밤낮없이 일해도 96만 7,000원을 버는데 앵무새는 시급이 40만 원이라니. 우리 엄마 아빠가 나 대신 새를 낳았더라면……아, 그래. 이건 아니다. 이렇게 생각하면 너무 속상하다.

여느 때처럼 가난한 하루를 보낸 어느 날, 퇴근 후 일기를 쓰려고 자리에 앉았는데 대학 시절 샀던 《아프니까 청춘이다》가 눈에 띄었다. 나는 "지랄하네!"라고 읊조리며 죄도 없는 그 책을 당장 뽑아다가 집 앞 쓰레기통에 처박았다. 남자였으면 오줌도 갈겼을 텐데.

쾅! 문을 닫고 집으로 돌아와서 다시 일기를 쓰려는데 방금 버린 저 책을 중고로 팔았으면 얼마를 받았을지가 자꾸만 궁금하고 찜찜해져서 날짜만 쓴 일기장을 그냥 덮었다.

바람처럼 스쳐가는
정열과 낭만아

초등학교 5학년 때 우리 반에 전학생이 왔다. 서울에서 왔다는 혁은 까만 뿔테 안경에 힙합바지를 입고 청색 빵모자를 쓰고 있었다. 태어나서 처음 보는 서울 사람의 서울스러움에 우리 반 애들은 적잖은 충격을 받았다. 혁이 온 이후로 많은 아이가 시내에 가서 청색 빵모자를 사고 엄마가 사준 은테 안경을 뿔테로 바꾸었다.

〈야인시대〉는 그 무렵 최고의 드라마였다. 우리는 남녀 할 것 없이 쉬는 시간마다 강성이 부른 〈야인시대〉 주제곡을 틀어놓고 서로에게 발 차기를 하며 놀았다. 당시 반에서 키도 크고 힘도 셌던 나의 별명은 '조폭 마누라'였는데 '긴또깡' 역할이었던 혁과 나는 숙명적으로 맞짱의 대상이 되었다. 우리는 서로를 자비 없이 퍽퍽 쳐가며 뜨겁게 친해졌다.

내가 혁을 좋아하게 된 아주 급작스럽고도 고요했던 순간을 기억한다. 한여름, 여느 때처럼 운동장 땡볕 아래에서 혁을 패고 있었는데 내 발길질을 피해 도망가는 그 애를 잡으려다 스텝이 꼬여 운동장에 얼굴을 박고 넘어졌다. 쪽팔려서 툭툭 털고 일어나려고 했는데 모래가 들어가서 눈이 잘 떠지지 않았다. 도망가던 개가 넘어진 날 보고 주춤주춤 다가와 걱정스러운 듯 바라보았다. 눈에 모래가 들어간 것 같다고 말하자 혁이 "불어줄까?" 하고 물어보았다. 나는 "됐거든?" 하고 퉁명스럽게 대꾸한 뒤 눈을 비볐다. 피 나는 무릎도 아프고, 넘어진 것도 서럽고, 모래가 들어간 눈도 아려서 눈물이 줄줄 흘렀다.

혁은 우는 나를 보며 어찌할 바를 몰라 하다가 손바닥으로 그늘을 만들어 땡볕을 가려주었다. 순간 갑자기 우주가 터지는 기분이었다. 시끄럽게 울던 매미들도 일시에 움직임을 멈춘 건지, 아니면 우주가 다 터져버려서 내 귀가 먹은 건지 사방을 더없이 고요하게 느꼈다. 그 애가 만들어준 한 뼘짜리 그늘이 너무 커다랗고 부끄러워서 얼굴이 달아올랐다. 나는 얼굴이 빨개진 걸 감추려고 괜찮아지고 난 후에도 한참 동안 눈이 아픈 척하며 얼굴을 벅벅 비볐다.

손 그늘 사건 이후로 나는 혁을 향해 발 치기 하는 것을 그만두었다. 혁도 마찬가지였다. 우리는 어쩐지 부끄러워하면서도 전보다 훨씬 다정하게 서로를 대했다. 내가 우유 당번일 때 그 애가 대신 우유 박스를 들어주고, 그 애가 축구를 하다가 넘어지는 날이면 내가 호들갑을 떨며 걱정하는 식이었다. 지금 생각하면 썸이었다.

나는 혁이 좋았고 혁도 나를 좋아했지만 그렇다고 섣부르게 사귈 수는 없었다. 혁에게는 여자 친구가 있었기 때문이다. 심지어 6학년에서 제일 무서운 일진 언니였다. 혁과 사귀었다가는 6학년 언니들에게 찍힐 것이 분명해서 나는 몸을 사리며 최선을 다해 그 애를 좋아하지 않으려고 노력했다. 그리고 실패했다.

어느 날 저녁이었다. 학원에서 돌아와 버디버디로 수다를 떨고 있는데 혁에게서 메시지가 왔다.

혁: 야! 나 그 누나랑 헤어질 거야--;; 헤어지면 우리 사귀자 --!

나는 일부러 모른 척하며 답장했다.

슬: -..-허걱 몬 소리야. 모야! 혹쉬 너 나 조아하냐*_*

혁: 웅^_^* 나 너 조아해.

슬: 그로몬 헤어지고 나서 말해죠.)_(* 사귀쟈!!

다음 날 점심시간, 사물함을 정리하고 있는데 누가 뒤에서 내 어깨를 툭툭 쳤다. 돌아보니 혁이 장난기 가득한 얼굴로 웃고 있었다. 심장이 내려앉는 기분과 함께 올 것이 왔구나 싶었지만 괜히 무슨 일이냐고 물었다.

"나 헤어졌다."

그날이 혁과 나의 1일이었다. 우리가 사귄다는 소문이 돈 이후 급식실에 가면 6학년 언니들이 살벌한 얼굴로 나를 째려봤고 복도에서 마주치면 뭘 꼬나보냐며 시비를 걸어왔지만 그런 것쯤은 아무래도 괜찮을 만큼 혁이 좋았다. 사귀기 전에는 학교 안에서만 몰래 좋아했던 우리는 이제는 방과 후에도 어울려 놀며 대놓고 좋아할 수 있었다. 친구들과 함께 PC방도 가고, 문방구에서 산 1,000원짜리 커플링도 나누어 꼈다.

손 한 번 잡지 않는 순진한 연애였지만 매 순간 온몸이 찌릿

찌릿하게 설레었다. 살면서 다시는 못 겪어볼 투명하고 풍만한 벅참이었다. 그렇게 그 애랑 투투를, 그러니까 사귄 지 22일째 되는 날을 막 기념했을 무렵, 4학년에 리나라는 여자아이가 혁을 좋아하고 있다는 소문이 돌기 시작했다. 혁도 알고 있는 눈치였다. 얼마 안 있어 리나는 혁에게 좋아한다며 고백 편지를 주었다. 이후 혁은 자주 4학년 층에 내려가기 시작했다. 내 친구들은 혁이 바람을 피우는 것 같다고 말했지만 나는 남자 친구가 바람을 피울 때 어떻게 해야 하는지 본 적도, 배운 적도 없어서 뒤에서만 몰래 가슴앓이를 했다.

며칠 후 혁은 나에게 헤어지자고 말했다. 사귈 때 헤어졌다고 말하더니 헤어질 때도 헤어지자고 말하는 그 애가 엄청나게 미웠지만 나는 TV에서 본 여주인공이 시련당할 때 했던 것처럼 나오려는 모든 말을 속으로 삼키고 최대한 쿨한 척 그러자고 했다.

그날 밤, 조금 울면서 장문의 편지를 썼다. 받는 사람은 리나였다. 나는 혁이 뭘 좋아하고 또 싫어하는지를 빼곡하게 적었다. 이를테면 '혁은 콩밥을 싫어해. 혁에게 사랑한다는 말은 자주 해주지 마. 무뎌지고 말 거야. 혁은 GOD의 노래를 좋아해' 하는 식이었다. 일부러 글자 위에 눈물도 몇 방울 떨구었다. 다음 날 아침, 4학년 층에 가서 리나에게 눈물 젖은 편지를 주었다. 약지에 끼고 있던 커플링도 빼서 주었다. 리나는 편지와 커플링을 받으면서 "언니, 죄송해요" 하고 말했다. 나는 슬픈 표정으로 웃으며 혁을 잘 부탁한다고, 예쁘게 사귀라고 말했다. 뒤돌아서 가다가 우뚝 멈추어서는 둘이 잘 어울린다는 말도 해주었다.

혁은 리나와 일주일도 못 사귀고 헤어졌다. 리나가 너무 어려서 수준이 맞지 않는다는 것이 혁이 말한 이별의 이유였다.

잠시 어른 놀이에 심취하긴 했지만 어쨌든 우리는 열두 살짜리 어린애들이었으므로 〈야인시대〉 노래에 맞춰 서로를 패는 사이로 금세 되돌아갔다. 아픔도 미련도 없이 사랑만 있었던 어린 날의 여름이었다.

**My father is
so hot**

헤헤 실실 별생각 없는 대학생으로 살다가 정신을 차려보니 4학년이 코앞이었다. 남 이야기인 줄 알았던 이력서, 자소서, 면접이 이제 내 현실이라니. 준비되지 않은 빈 몸을 취업 현장에 던지는 것은 무서웠고, 그렇다고 졸업한 백수가 되는 것은 더 무서워서 도피하듯 어학연수를 떠났다. 이왕이면 한국인이 없는 곳에서 지내고 싶어 영국의 아주아주, 아주 작은, 텔레토비 동산만 한 마을을 골랐다. 불행인지 다행인지 그곳에는 한국인이 단한 명도 없었다.

'Hello'랑 'How are you' 같은 초급 영어를 제외하고는 한 마디도 못 할 때였는데 그 빽빽한 서류들을 어떻게 혼자서 작성하고 타국의 친구들을 사귀었는지 모르겠다. 영어 회화가 불가능했던 나는 당연히 제일 낮은 레벨의 클래스에 배정되었다.

등교 첫날, 교실 문을 열었더니 백발이 성성한 할아버지 할머니 들이 나를 반갑게 맞아주던 기억이 난다. 우리 반 수업은 유치원과 실버 스쿨 사이 그 어디쯤의 분위기였다. 거의 모든 문법을 노래로 배웠고 페트병에 콩이나 쌀을 넣어 만든 악기도 매주 가져가야 했다. 대부분의 한국인처럼 영어로 말만 못할 뿐 읽고 이해할 줄은 알았던 나는 우리 반 수업이 자주 시시하고 지루했지만 다정한 클래스메이트들이 좋아서 반을 바꾸고 싶지 않았다. 나는 우리 반 할머니 할아버지 들을 진심으로 사랑했다. 우리는 어눌한 영어 대신 유창한 공감 능력을 이용해 서로의 빈틈을 보듬어주었다.

수업 중 본인의 가족을 소개하는 날, 즉석에서 술술 이야기를 풀어내기에는 내 영어 실력이 한참 부족했으므로 엄마와 아빠를 어떻게 소개할지 조금 생각해야 했다. 그러다 문득 아빠가 보고 싶어졌다. 수업 시작 10분 전, 한국에 있는 나의 아빠에게 전화를 걸었다. 전화기 너머로 반가운 목소리가 들렸다.

"딸~."

이렇게나 멀리 떨어져 있어도 내 부모의 생생한 목소리를 듣고 싶을 때 들을 수 있는 세상이라니. 요즘이 얼마나 대단한 시대인지를 새삼 실감했다.

나는 아빠에게 오늘 무엇을 먹었는지 물었다. 늘 똑같은 매일 중 그나마 새롭게 바뀌는 것은 식사 메뉴뿐이니까. 아빠는 점심으로 냉콩국수를 먹었다고 했다. 아빠는 나에게 별일 없는지, 내가 있는 곳의 날씨는 어떤지 물었다. 영국은 생각보다 비도 많이 안 내리고, 듣던 것처럼 우울한 날씨는 아니라고 대답했다.

아빠는 내 말이 끝나자 "다행이네, 딸. 한국은 너무 더워" 하고 말했다. 그 말을 듣자마자 눈물이 펑 터졌다. 갑작스러운 눈물에 몹시 당황해서 인사도 제대로 못 하고 서둘러 전화를 끊었다. 아빠의 한숨 소리와 담담한 어조가 귓속에서, 아니 이마 안에서, 아니 얼굴 전체에서 메아리쳤다.

세상에, 우리 아빠는 지금 덥다.

아주 어릴 때 한 번 본 적 있는 아빠의 일하는 모습이 생생하게 그려졌다. 새우깡을 먹는 나에게 다가오던 아빠. 겨드랑이부터 등까지 축축하게 젖은 두꺼운 회색 작업복, 안전모를 벗자마자 튀어 오르던 땀방울들, 높은 온도에서 쪄진 것처럼 빨개진 얼굴과 더위에 녹아버린 듯 잔뜩 처진 눈가.

아빠는 한겨울에도 등줄기에 땀이 흐를 만큼 아주 두꺼운 작업복과 작업화를 착용해야 한다. 용접 불꽃이 튈 수도 있고, 살을 녹일 정도로 위험하고 강한 화학 약품이 몸에 묻을 수도 있기 때문이다. 화학 공장의 엔지니어인 아빠는 기계 속에서 갇혀 일한다. 웬만한 구멍가게 크기의 거대한 기계에서 뿜어 나오는 열은 일반인이 상상할 수 없을 정도로 엄청나게 뜨겁다. 아빠는 땀을 너무 많이 흘려서 한때는 소금 주머니를 차고 일한 적도 있다고 했다. 땀을 한바탕 쏟고 있을 때 소금을 한두 꼬집 먹으면 짜기는커녕 달다고 했다. 오늘도 아빠는 냉콩국수 한 사발을 먹는 20분을 빼고는 온종일 더웠으리라. 증기를 내뿜는 기계 속에서 안전모와 작업복과 작업화를 착용한 아빠가 고온에 녹아내리는 모습이 눈에 선해 가슴이 미어졌다.

살인적인 더위에 아빠를 녹여 만든 돈으로 이곳에서 날씨 좋은 매일을 만끽하고 있는 나 자신이 참을 수 없게 싫었다. 나는 당장에라도 가진 돈을 다 털어서 우리 아빠를 이곳으로 데려오고 싶었지만 그럴 돈이 없었고 앞으로 한참 동안 없을 예정이었다. 나는 어쩔 수 없는 현재와 미래가 아득해서 휴게실에 주저앉아 엉엉 울었다. 우리 아빠는 내 돈으로 호강 한 번 못 해보고 늙어 죽을 수도 있겠구나. 그런 생각이 들자 이제는 땅을 치고 울고 싶어졌다. 그래도 그만 울어야 했다. 아빠가 어떻게 번 돈으로 듣는 수업인데 늦을 수는 없었다. 나는 마음을 다잡고 화장실에서 찬물로 세수한 다음 끅끅 올라오는 눈물을 온 힘을 다해 단전으로 누른 뒤 교실로 들어갔다.

할머니 할아버지 들이 다정하게 웃으며 "How are you?" 하고 물었다. 나는 평소보다 더욱 밝게 웃으며 "I am fine. Thank you. And you?" 하고 대답했다. 곧이어 선생님이 들어왔고 수업이 시작되었다.

한 명씩 자신의 가족들을 소개했다. 학생들은 자신의 부모가, 자식들이 얼마나 다정하고 좋고 재미있는 사람인지를 느릿느릿 설명했다. 곧이어 내 차례가 왔다. 나는 목을 한 번 가다듬고 "My father……" 하고 말문을 텄고 눈물도 같이 터졌다. 모두가 놀란 얼굴로 바라보았다. 나는 누가 등을 세차게 때리기라도 하는 것처럼 껵껵대며 울었다. 아까 단전에 모아둔 눈물이 너무 많았나 보다. 이건 필히 눈물 둑이 터진 거다.

한참 동안 기어이 눈물을 다 쏟아내고 나니 약간 진정이 되었다. 선생님이 무슨 일이 있느냐고 조심스럽게 물어보았다. 나는 내가 왜 우는지를 설명하려고 "My father……" 하고 말을 꺼냈는데 그러자마자 또 울컥울컥 눈물이 쏟아졌다. 어째서 아빠라는 단어는 영어로 말해도 이렇게 슬플까.

나는 고르지 않은 숨 사이로 간신히 한 문장을 뱉었다.

"My father is⋯⋯ so⋯⋯ hot."

내 설명을 들은 선생님이 조금 많이 놀라며 "What?" 하고 되물었다. '우리 아빠는 섹시해요'라는 말을 울면서 했으니 당연한 반응이었다. 하지만 나는 그때 내가 무슨 말을 하고 있는지 몰랐다. 그래서 "My father is so hot"이라고 거듭 말하며 목을 놓아 울었다. 가만히 듣던 백발의 할머니가 "Summer? Korea?" 하고 물었다. 나는 그렇다고 했다.

한국은 여름이라 무지 덥다고. 그래서 우리 아빠도 덥다고. 그제야 상황을 파악한 선생님이 얼른 놀란 눈치를 거두었다. 선생님은 혹시 내가 향수병에 걸렸는지 걱정하며 한국으로 돌아가고 싶으냐고 물었다. 나는 고개를 가로저으며 내 아빠를 이곳에 데려오고 싶다고 대답했다. 그러나 그럴 수 없어서 슬프다고 말했다.

한참을 울다가 민망해져서 눈물을 손바닥으로 닦아내는데 짝꿍이었던 '수' 할머니가 가만히 내 등을 쓸어주었다. 우느라 열이 잔뜩 오른 등에 서늘한 손이 닿자 울음이 조금씩 잦아들었다.

나는 할머니를 보며 마음이 많이 괜찮아졌다는 뜻으로 웃어 보였다.

수 할머니가 맨날 입고 다니는 하늘하늘한 여름 카디건 주머니에서 m&m 초콜릿을 꺼내 주었다. 니는 작게 "Thank you" 하고 입속에 초콜릿을 넣었다. 초콜릿에서 누룽지 맛이 나는 것 같았다.

소개팅에서
대참패하는 법

　오랜 시간 지속, 반복적으로 받아온 칭찬과 그로 인해 쌓인 자기애는 언젠가 한 번은 독이 되어 뒤통수를 후린다. 공식적인 연구 결과가 있는지는 모르겠지만 자신을 표본으로 한 임상 연구를 통해 알게 된 사실이므로 나는 이것을 진실이라고 믿겠다.

　나는 미취학 아동 시절부터 완전 타칭 분위기 메이커였다. 내가 있는 곳에는 늘 사람이 많았고 나는 언제든지 그들을 즐겁게 해줄 준비가 되어 있었다. 나는 '낯가림'의 뜻을 몰랐다. 그러니까…… 알긴 아는데 '황소개구리즙'이나 '참새구이'처럼 알지만 모르는 단어랄까. 낯을 가리긴 왜 가리나! 끓어넘치는 재치를 발사할 시간도 부족한데.

밝고, 쾌활하고, 부끄러움을 모르는 성격 덕을 정말 많이 보며 살았다. 굵직한 건들 몇 가지만 꼽아보자면 고등학교 새학 시절에는 2년 연속 전교 회장 감투를 썼다. 반마다 돌아다니며 이상한 춤을 뻔뻔하게 취댔더니 학업에 지쳐 있던 학우님들이 진심으로 웃으며 뽑아주었다. 대학 재학 기간과 취업 준비 기간을 통틀어 면접을 본 건 딱 세 번뿐이다. 면접을 더 볼 기회가 없었다. 이놈의 면접은 보기만 하면 합격이니까. 나는 200 대 1의 경쟁률을 자랑하던 면접장에 재치와 밝음만을 들고 입장했고 합격했다. 나는 내 성격과 센스를 사랑했고 주변인들은 그런 나를 아낌없이 지지하며 칭찬했다. 안 그래도 밝은 나의 성격은 지인들의 칭찬을 있는 대로 받아먹으며 빵빵하게 살이 쪄갔다.

넘치는 자기애를 만끽하던 중 생전 처음으로 소개팅을 하게 되었다. 첫 소개팅 상대는 내가 반할 수밖에 없는 두 가지 조건을 갖추고 있었다. 180센티 후반의 큰 키와 운동으로 다진 탄탄한 가슴! 우리는 지하철역 앞에서 만나 인사를 나눈 뒤 그가 예약했다는 파스타집에 갔다. 그날 내가 파스타를 단 한 가닥도 코로 먹지 않았는지는 아직도 확신할 수 없다.

나는 떨고 있었다.

태어나 떨어본 일을 손에 꼽는 내가 떨고 있다는 사실을 실감하자 이번엔 진짜로 너무 떨리기 시작했다. 그래서 나는 파스타를 계속 먹었다. 그 남자가 하는 말을 듣는 척하며 아무것도 듣지 않고 있었다. 들을 수 없었기 때문이다. 파스타를 먹거나, 이야기를 듣거나, 숨을 쉬거나, 눈을 깜빡이거나, 그중에 딱 하나만 하고 싶었다. 용케도 내가 그 모든 것을 무사히 하긴 했는지 남자는 밝은 얼굴로 2차를 제안했다. 파스타집을 나와 시원한 공기를 가르며 걸으니 머릿속이 차분해지고 막혔던 가슴이 뚫리면서 뭔지는 몰라도 잘할 수 있다는 자신감이 솟구쳤다. 게다가 술도 한잔 곁들이는 자리라면 오, 뭔지는 모르겠지만 아무튼 확실히 자신 있었다.

그때부터 이 남자는 더 이상 소개팅 상대가 아니었다. 정복의 대상이었다. 청중이고, 관객이었으며, 나의 '백전백승 쾌활함'에 반하고야 말 잠재적 팬이었다. 설레는 마음으로 술집에 입장해서 소주와 맥주를 한 병씩 주문했다. 남자는 나에게 술을 잘 마시느냐고 물었다. 나는 잘 못한다고 대답했다. 반전을 위한 거짓말이었다. 내 주량은 소주 세 병이다.

나는 조심스럽게 소주병을 집어 들고 파워풀한 스냅으로 회

오리를 만들었다. 남자는 놀란 얼굴로 나를 쳐다봤다. 나는 속으로 '어때, 쩔지?'라고 으스대며 얼른 맥주병을 집어 수저로 병뚜껑을 따는, 일명 '뻥따'를 했다. 그 '뻥' 소리를 신호탄으로 삼아 나는 고삐를 풀었다.

"잔 수거, 잔 수거."

나는 한껏 흥이 나서 남자의 잔이 빌 때마다 내 앞으로 끌어와 대단한 비율로 소맥을 말아댔다. 술이 들어가니 입이 풀렸다. 한참 정신없이 말하다가 이 남자를 봤는데 표정이…… 표정이…… 뭔가 대단히 잘못되었음을 느낄 수밖에 없는 얼굴.

아차 싶었다. 아, 여기는 회식 자리가 아니지. 내 앞의 남자는 부장님이 아니구나. 그제야 부장님의 것과는 확연하게 다른 남자의 큰 키와 탄탄한 가슴이 다시 눈에 들어왔다. 만회해야겠다고, 만회해야만 한다고 생각했다. 인터넷에서 언뜻 본 소개팅 백전백승의 한 구절이 생각났다. 상대를 칭찬하라.

나는 글로 배운 소개팅 기술을 곧바로 실천하기 시작했다. 목소리를 가다듬고 "그런데……"라고 운을 띄웠다. 남자는 소맥을 한 모금 마시며 나에게 눈을 맞췄다. 나는 남자의 눈을 보며 "가슴 근육이 참 멋진 것 같아요"라고 말했다. 남자의 동공이 흔들렸다. 나는 뻘쭘해서 쌍 엄지도 들어 보였다. 남자는 실제로 소맥을 약간 뿜었던 것 같다. 그때부터 나의 '말로 말 가리기'가 시작되었다. 뱉은 말을 주워 담을 수 없으니 다른 말을 괜히 덧붙이는, 쉽게 말하자면 말로 상황을 파국으로 몰고 가는 최악의 수.

나는 남자에게 가슴이 멋지다는 이야기가 성희롱이 아닌 칭찬이라는 것을 어필하기 위해 내 지인들을 능욕하기 시작했다.

"주변의 친한 오빠들은 운동을 안 해서 가슴이 엄청 크거든요! 큰 건 상관없지만 대부분 되게 처져서 완전 젖……."

그때 남자와 나는 처음이자 마지막으로 통했다. 정확히 같은 생각을 했고 서로가 그걸 느낄 수 있었다. 우리는 '시발, 이게 뭐야'라고 생각했다.

누가 동화 속 빨간 구두를 내 혀에 달아놓기라도 한 것처럼 나의 혀는 통제를 잃고 나대기 시작했고, 내가 싸놓은 똥 같은 말들은 걷잡을 수 없이 거대해져 나를 잠식하고 있었다. 아, 벌을 받고 있는 것일까? 수년간 차곡차곡 가슴 한쪽에 쌓아왔던 검은 자만들이 독이 되어 나를 잡아먹는 것일까? 당혹스러운 얼굴로 말을 1톤이나 내뱉던 나를 나보다 더 당혹스러운 얼굴로 쳐다보던 남자는 헛기침을 두어 번 하더니 세상에서 제일 어색한 톤으로 시간이 많이 늦었으니 집에 가자고 했다. 금요일 저녁 8시였다.

나는 조용히 코트를 입고 가방을 챙겼다. 밖으로 나와서 지하철역을 향해 걷는 시간은 잔인하리만치 길게 느껴졌다. 아니, 실제로 길었다. 15분 정도 걸었던 것 같다. 상점 쇼윈도에 비치는 우리의 모습을 곁눈질로 쳐다봤다. 남자는 정말 키가 컸다. 걷고 걷다 보니 어느새 지하철역이었다. 나는 버스를 타야 했고 남자는 지하철을 타러 내려가야 했다.

"오늘 즐거웠어요."

마지막 인사를 나누고 남자는 계단을 내려갔다. 남자가 사라져가는 것을 조금 바라보다가 뒤돌아 걷는데 카톡이 왔다. 남자였다.

만나서 반가웠어요! 좋은 하루 보내세요!

뒤를 돌아보니 아직도 계단을 걸어 내려가는 남자가 보였다.

헤어진 지 1분도 안 돼서 완전한 마무리 카톡을 보낸 그의 마음을 짐작하려니 참담했다. 그나저나 좋은 하루를 보내라니. 아깐 많이 늦었다고 집에 가자더니!

적당히
속상한 이별

어젯밤에 작은 개가 아팠다. 나는 개를 품에 안아 들었고 이제 막 잠을 청하려던 박은 서둘러 일어나 찬물에 수건을 적셨다. 같이 사는 친동생은 깊이 잠들었는지 꼭 닫힌 방문 뒤에서 아무런 기척이 없었다. 작은 개는 열이 나는 듯 혀를 이만큼 내밀고는 숨을 가쁘게 내뱉으며 안절부절못했다. 박은 적셔 온 물수건으로 개의 몸을 닦았다.

자정이 다 된 시간이었다. 여섯 시간 후에 일어나 출근 준비를 해야 하는 박이 안쓰러워서 내가 개의 몸을 닦아줄 테니 너는 안심하고 들어가 자라고 말했다. 박은 괜찮다며 개의 겨드랑이와 코와 똥꼬와 발바닥을 오래오래 닦아주었다. 한참이 지나도 나을 기미가 보이지 않아 나는 박의 손에서 수건을 빼앗고는 들어가서 자라고 말했다. 박은 마지못해 방에 들어가서도 몇 번이나 개가 괜찮은지를 묻다가 잠들었다. 개는 곧 괜찮아졌다.

그 밤에, 그러니까 박은 이미 잠들고, 작은 개가 정상 체온을 되찾은 그 시간에 친동생은 울고 있었다. 술에 취해 들어와 일찍 자는 줄 알았는데 방음이 형편없는 문틈 사이로 울음소리가 비질비질 새어 나왔다. 나도 덩달아 속이 상해서 애먼 개의 몸만 한참 더 닦아주었다. 개는 완전히 괜찮아졌는지 편안한 얼굴로 잠들었다. 잠든 개의 고른 숨소리가 네 울음 때문에 상한 내 마음을 상쇄한 덕에 나는 적당히 속상했다. 개도 잠들지 못하고 있었더라면 어쩌면 나도 울었을지 모른다.

나는 네가 갑작스러운 이별에 완전히 슬퍼하다가 완전히 괜찮아지기까지 얼마나 걸릴지를 셈해보았다. 열이 나는 개를 계속해서 닦았듯 끝 모르는 눈물을 자꾸자꾸 닦아내다 보면 너도 결국 괜찮아질까.

너는 그 애에게 얼마나 잘 해줬는지를 생각하며 개가 이러는 이유를 이해하지 못했다. 네가 그 애에게 살뜰했다는 것은 너도,

나도, 그 애도, 이 작은 개도 아는 사실이었다. 네가 그 애에게 수도 없이 싸줬던 따뜻한 도시락들과, 피곤한 그 애를 위해 포기했던 낮의 데이트와, 네가 참고 넘어갔던, 이해했으면 안 되었을 사건들과, 그 애와의 여행을 위해 기꺼이 감내했던 가난과, 그리고 결국 가지 못했던 그 여행이 머릿속에 스치다가 싸지도 풀지도 못해 여전히 널려 있는 너의 여행 가방과, 그 애와 먹으려고 네가 소분해놨던 김치 통과, 여행지에서 입으려고 잘 다려 걸어 놓은 새로 산 하늘색 원피스가 눈에 밟혔다.

나는 너의 옆에 누워서 우는 어깨를 다독이며 너를 키운 엄마와 아빠, 너와 함께 큰 나, 우리가 함께 길러낸 고향 집의 개들이 너를 얼마나 사랑하는지를 말해주고 싶었는데 소용이 없는 오지랖이 될 것이 빤해 관두었다. 대신 그 애랑 함께 들었던 노래를 자주 듣고, 공감되는 이별 글을 찾아 읽고, 행복했을 적 찍었던 너희들의 사진을 많이 보라고 말했다. 너는 왜 그래야 하느냐고 물었다. 나는 그러다 보면 언젠가는 그 노래를 들어도 더는 개 생각이 나지 않을 만큼 덤덤해지고, 좋았던 추억을 생각해도 눈물이 나지 않을 거라고 대답했다. 백신에 약간 앓아야지만 튼튼해지듯 너도 그 애를 약간만 앓고 많이 튼튼해지기를 바랐다.

나도 받지는 못하고 주느라 바빴던 마이너스 사랑을 해본 적이 있다. 그것을 사랑이라고 칭하기는 남루하나 다른 어떤 것으로 부르기에는 내 시간이 가엾다. 너의 이번 사랑도 남루했으나 어찌 됐든 사랑이니 애를 써서 괜찮아졌으면 좋겠다. 괜찮아진 뒤에는 질 좋은 사랑을 양껏 했으면 좋겠다. 더 귀하고 좋은 모양의 사랑을 배우려고 비싼 값을 치렀다고 생각하자. 그게 어렵다면 그냥 똥 밟았다고 생각하자.

어떤 일이 있어도 너를 탓하거나 미워하는 일은 없기를 바란다. 네가 하는 모든 후회와 아쉬움과 미움과 욕은 단 하나도 빼놓지 않고 온전히 그 애의 몫이다. 너 자신을 향한 적의는 하나도 없어야 한다.

평범한 시간들 사이로 '왜?'라는 질문이 침범해 종종 억울해질 때도 있겠지만 세상에는 절대 이해할 수 없는 것들이 이해할 수 없을 정도로 많으니 이 일도 그중 하나라고 생각하고 굳이 답을 찾으려 애쓰지 말자. 애초에 그 이유를 이해할 수 있었더라면 이런 식의 사랑도 하지 않았겠지.

무엇보다 너를 키운 엄마와 아빠, 너와 함께 큰 나, 우리가 함께 길러낸 고향 집의 개들을 생각했으면 좋겠다. 너를 많이 사랑해가며, 더 많은 사랑을 나눌 줄 아는 아이로 키운 우리 가족이 어찌 보면 이 사달의 근원인데 너는 우리를 미워할 수 없잖니.

많이는 말고 적당히 속상한 밤들을 보내. 그런 속상한 밤들을 보내다가 어느 날 아침엔 네가 무엇을 하다가 어떻게 잠들었는지 기억하지 못하기를, 그 아침이 금방 오기를.

버려진 것들의
가치

내 병아리를 훔쳐 간 여자애, 크리스마스에 선물받은 내 인형의 머리를 눈앞에서 뽑아버린 애, 짓궂은 남자애들과 자주 싸우던 애, 단 한 번도 진 적이 없어서 남자애들도 무서워했던 애, 친구가 한 명도 없었던 애, 엄마도 아빠도 없던 애, 머리가 긴 것이 귀찮다며 부엌 가위로 자기 머리카락을 마구 자르던 애. 연.

연과 나는 교회에서 만났다. 아마도 그랬을 것이다. 기억이 없을 때부터, 그러니까 내가 두 살 정도 되었을 때부터 엄마를 따라 다니던 교회에 연이 있었다. 연은 누구와도 어울리고 싶어

하지 않았기 때문에 곁에는 아무도 없었다. 아닌가, 아무도 연과 어울리고 싶어 하지 않았기 때문에 연도 곁을 내어주지 않은 건가.

매주 일요일, 깨끗한 옷을 입고 교회에 온 어린이들 틈에서 연은 늘 같은 옷을 입고 아무렇게나 풀어 헤친, 혹은 아무렇게나 묶은 머리로 맨 앞에 앉았다. 연은 목사님이 말씀하실 때 큰 소리로 혼잣말을 하거나 노골적으로 코 고는 소리를 내거나 혀로 입천장을 똑, 똑 쳤다. 주일학교 선생님들은 그런 연을 그냥 내버려두었다. 언젠가 한번, 사람들의 주의를 흩트리는 연을 혼냈는데 연이 예배당이 떠나가라 울어버렸기 때문이다. 당황한 선생님이 어르고 달래봤으나 연은 목사님 말씀이 끝날 때까지 울음을 그치는 것도, 예배당을 떠나는 것도 거부하며 발버둥 쳤다. 나는 아직도 '어린이 예배' 하면 맨 앞자리에 앉아 혀로 똑, 똑 소리를 내던 연의 뒷모습이 먼저 생각난다.

어린 시절, 나는 연과 놀지 않았다. 연은 늘 남의 머리를 잡아당기거나, 계단에서 밀치거나, 얼굴에 침을 뱉는 아이였으므로 친하게 지낼 이유는 없었다. 그러다가 열 살 무렵, 연과 친해졌다. 언제 어떻게 친해졌는지는 기억나지 않는다. 어린애들이 손톱으로 서로의 얼굴을 할퀴며 죽일 듯이 싸우다가도 금방 잊고 다정해지는 것처럼, 지금의 나는 이해할 수 없는 어떤 방식으로 친해졌으려니 짐작할 뿐이다.

열 살의 연은 여전히 괄괄한 여자애였지만 이제는 부엌 가위로 머리를 자르지도, 친구들을 아프게 하지도, 교회 앞자리에서 혀로 똑, 똑 소리를 내지도 않았다. 교회 어른들은 이제 연이 시집갈 때가 다 되었다며 매주 진심으로 기뻐했다. 연과 나는 거의 매일 방과 후 교문 앞에서 만나 우리 집으로 갔다. 엄마가 출근 전 만들어둔 요리로 끼니를 함께 때우고 컴퓨터 게임을 하거나, 놀이터에 나가 철봉이나 그네 밑의 땅을 헤집어 떨어진 동전을 찾으면서 놀았다.

그날도 연과 쪼그려 앉아 모래를 팠다. 축축하고 까만 모래를 아무리 파고 또 파도 동전이 나올 기미가 안 보여서 우리는 모래 공을 만들기로 했다. 연은 축축한 모래를 동그랗게 잘 빚었다. 아주 어릴 때부터 혼자 놀이터에서 놀면서 연마했다고 했다. 내 모래 공이 자꾸만 부서져서 짜증이 나려고 할 때쯤, 갑자기 연이 자신의 부모 이야기를 꺼냈다.

"나는 엄마 아빠가 없어."

"알아."

이미 알고 있는 사실을 연의 입으로 직접 들으니 기분이 이상해져서 손에 힘을 주어 모래 공을 다듬는 데 집중했다. 아, 연은 지금 비밀 이야기를 하려고 하는구나. 왠지 잔뜩 긴장이 되었다.

"할머니는 우리 엄마가 다리를 저는 병신이라고 했어. 어릴 때는 절뚝거리는 여자들을 보면 혹시 엄마일까 봐 앞질러 뛰어가서 얼굴을 확인했어. 근데 지금까지 다리를 저는 여자는 딱 두 번밖에 못 봤어."

"너는 엄마 얼굴 몰라?"

"이제는 알아. 한 번 봤어. 예전에 우리 교회에 왔거든."

우리가 더 어릴 적에 연의 엄마가 교회에 왔다. 연의 엄마는 원래 우리 교회의 집사님이었는데 가난한 생활이 힘들어 집과 남편과 시어머니와 어린 연을 버리고 도망쳤다고 했다. 연이 마지막으로 엄마를 본 날, 나도 연의 엄마를 보았다. 연처럼 흰 피부, 연처럼 찢어진 눈매, 연처럼 아무렇게나 자른 머리. 연의 모든 것은 오로지 연의 엄마로부터만 나온 것 같았다. 가난을 버리고 도망쳤다는 연의 엄마는 여전히 가난해 보였다.

연은 모래가 묻은 손을 툭툭 털더니 이제 집에 가자고 했다. 자기가 빚어놓은 동그란 모래 공들을 무심하게 툭툭 밟아 부수는 연을 물끄러미 바라보다가 나도 엉덩이를 털고 일어났다. 집에 가기 전, 연이 내일은 돈을 벌러 가자고 말했다. 나는 무슨 일인 줄도 모르면서 그래 그러자고 대답했다.

다음 날, 교문 앞에서 연을 만났다. 연과 나는 실내화 주머니를 빙글빙글 돌리며 한 공사장으로 향했다. 그 앞에서 연의 삼촌이 우리를 기다리고 있었다. 삼촌은 손가락이 두 개 없어서 여름에도 장갑을 낀다고 했다. 연은 오늘 고물을 주워 팔 거라고 했다. 우리는 공사장에서 찾은 못이나 쓰레기 더미에 있는 박스, 유리병 따위를 주워 삼촌이 끄는 수레에 담았다. 처음에는 쓰레기와 고물을 구별하기가 쉽지 않아서 뭔가를 주울 때마다 수레에 담아도 되는지 삼촌한테 물어봐야 했다. 삼촌은 엄지와 검지가 없었기 때문에 중지를 펴서 담아도 되는 물건과 담아봤자 별소득 없는 것들을 가리키며 열심히 설명해주었다. 삼촌이 가리키는 고물들보다 힘없이 팔랑거리는 장갑의 첫 번째 두 번째 손가락 부분에 자꾸만 시선이 갔다.

그날 해가 질 때까지 못이며 박스며 유리병 들을 주웠다. 우리는 다른 장소로 이동할 때마다 삼촌 곁에서 수레를 같이 끌고 싶었는데 삼촌은 우리더러 멀찌감치 떨어져 걸으라고 했다. 어린애들을 데리고 쓰레기를 주우러 다니면 사람들이 자기를 욕할 거랬다. 나는 우리가 줍는 것은 쓰레기가 아니고 돈인데 줍지 않는 어른들이 더 이상하지 않느냐고 말했다. 연과 삼촌은 "그러네, 맞네. 이것들은 쓰레기가 아니라 다 돈이여, 돈!" 하며 크게 웃었다.

수레에 잔뜩 쌓은 것들을 고물상에 팔 때는 굉장히 설렜다. 이렇게 많은 것을 팔았는데 큰돈을 벌고야 말겠구나 싶었다. 삼촌은 엄청나게 높아진 수레의 짐들과 1만 몇백 원을 맞바꾸었다. 나는 그 금액이 조금 실망스러웠지만 삼촌이 웃고 있었기 때문에 일단 따라 웃었다. 오늘은 돈을 많이 벌었다며 기뻐하는 삼촌을 잘 이해할 수 없었다. 연은 그 돈으로 라면이랑 요구르트 등을 살 거라고 상기된 얼굴로 말했다.

집으로 돌아가는 길, 땅에 떨어진 못들이 눈에 띄었다. 나는 못을 보이는 대로 주워서 주머니에 챙겨 넣었다. 다음 날 연에게 잊지 않고 주고 싶었다. 현관에서 신발을 벗는 나에게 엄마가 뭐 하느라 해놓은 밥을 먹지 않았느냐고 물었다. 나는 친구 집에서 놀고 만화영화를 보느라 시간 가는 줄 몰랐다고 거짓말했다.

엄마는 매일 아침
사과를 갈았다

사과, 그 단단한 과육의 사각사각한 식감, 혀 전체를 감싸는 새콤달콤한 맛의 매력을 알게 된 건 스무 살이 훌쩍 넘어서다. 그전까지 나에게 사과란 피치 못해 먹는 과일이었고, 해서 맛없는 건강식품 정도로 치부해왔다. 유치원에 다닐 적에 엄마가 직접 강판에 갈아준 사과주스를 두 병씩 억지로 비워야 했던 기억이 꽤 오랫동안 혀끝에 매달려 있었기 때문이다.

네 살 무렵의 나는 유치원에서 하루 두 번, 손수건에 싼 페트병 안에 든 사과주스를 마셔야 했다. 엄마가 강판에 직접 갈아준 사과주스는 사실 주스라기보다는 억지로 꿀떡거리며 넘겨야 하는 자잘한 과육에 가까웠고 갈변되기까지 해서 마시기 여간 역한 게 아니었다. 그럼에도 어린 나는 페트병에 생수를 넣어 좁은 입구를 미처 통과하지 못한 사과 덩어리들까지 모조리 헹구어 먹었다. 혹여 페트병에 과육이 남아 있는 날이면 여지없이 엄마에게 혼났기 때문이다.

엄마가 다소 집착적으로 나에게 사과주스를 먹이기 시작한 것은 TV의 건강 프로에서 사과가 눈에 좋다는 내용을 보고 난 후부터였다. 그 무렵 엄마는 나에게 굉장한 죄책감을 느끼고 있었는데 내 눈동자가 똑바로 앞을 보지 못했기 때문이다. 그러니까 나는 사팔뜨기였다.

엄마는 내가 목도 제대로 가누지 못할 적 너무 가까이에 달아준 모빌이 내 사시의 원인이라고 확신했다. 엄마는 내 눈동자가 하루빨리 평범한 방향을 되찾길 바라며 매일 아침 사과를 갈았다. 슬프게도 사과는 눈동자를 움직이는 근육들을 곧바로 단단하게 해주는 마법의 묘약이 아니었다. 사과를 몇십 박스쯤 갈았을 때 엄마는 나에게 사과주스 먹이기를 그만두었다.

사과 갈기를 그만둔 엄마는 내 눈을 고치려고 두 살배기 동생과 다섯 살짜리 나를 데리고 일주일에 한 번씩 시외버스를 갈

아타가며 전주에 있는 대학병원으로 갔다. 시외버스 터미널에는 늘 같은 자리에서 쥐포를 굽는 할머니가 있었는데 나는 한 번도 빼놓지 않고 쥐포를 사달라고 엄마 옷자락을 잡고 늘어졌다. 기어이 쟁취한 따뜻한 쥐포를 조금씩 아껴 먹으며 꾸벅꾸벅 졸다 보면 어느새 전주터미널에 도착해 있었다. 깊게 잠든 동생은 절대로 깨는 법이 없어서 엄마는 병원에 도착할 때까지 동생을 등에 업거나 품에 안고 있어야 했다. 뜨끈하고 무거운 동생 때문에 엄마의 앞섶이나 등은 항상 땀에 젖어 있었다. 나는 침에 젖은 쥐포를 쥐고 땀에 전 엄마의 뒤를 부지런히 쫓아다녔다.

대학병원 의사 선생님은 만날 때마다 사시 수술이 불가피하다고 했다. 내 나이 겨우 다섯 살이었고 엄마는 작은 나를 수술대에 눕힐 엄두가 도저히 나지 않았다. 엄마는 선생님에게 다른 방도가 없겠느냐고 물었다. 선생님은 고개를 가로저었다. 엄마는 동생을 등에 업은 채 내 손을 쥐고 대학병원에서 나와 시내에 있는 한의원으로 걸음을 돌렸다. 그 지역에서 침을 최고로 잘 놓는다는 할아버지 선생님이 있는 곳이었다.

크지 않은 한의원에서는 약재들의 싸한 냄새와 오래된 건물의 콤콤한 냄새가 났다. 할아버지는 엄마와 얼마간의 상담을 마친 후 나와 엄마와 어린 동생을 치료실로 데려갔다. 그리고 나를 침대 위에 눕혀 눈을 감게 하고 눈 위에 침을 놓았다. 믿을 수가 없었다. 눈에 바늘을 꽂다니! 다섯 살의 상식선에서 이건 있을 수 없는 일이었고 정말이지 내 눈알이 터져버릴까 봐 무서웠다. 첫 침술을 받던 날 나는 한의원이 터져라 울었다. 악을 쓰며 자꾸만 침대 밑으로 흘러내리는 날 붙잡아 분투 끝에 침술을 마친 할아버지는 엄마를 보고 고개를 저으며 말했다.

"시술 때마다 이렇게 울면 효과가 없습니다."

엄마는 자신이 운 것도 아니면서 죄송하다고 머리를 조아렸다. 나는 침대에 누워서 엄마랑 할아버지를 보며 여전히 울고 있었다. 눈물에 젖은 베갯잇이 뺨에 차갑게 달라붙었다.

그날 이후로 나는 엄마와 함께 '침 맞을 때 울지 않기' 맹연습에 돌입했다. 엄마는 나를 침대에 눕히고서 내가 눈을 감으면 스탠드를 켰다. 한의원 할아버지가 시술할 때와 제법 비슷한 연출이었다. 엄마는 둥근 연필심으로 감은 눈 위를 부드럽게 쿡쿡 누르며 나를 달랬다. 눈 위를 누르는 것이 바늘이 아닌 둥글게 깎은 연필이라는 걸 알고 있었고, 무엇보다 연습 파트너가 다정하고 따뜻한 엄마였기에 눈물이 나지 않았다.

몇 번의 연습으로 자신감을 얻은 나는 다음 침술 시간에는 울지 않을 자신이 있다고 말했다. 엄마는 그런 내가 장하다며 궁둥

이를 토닥였다. 그다음 날, 나는 세상 씩씩한 걸음으로 한의원에 입장했고 자신 있게 침대에 누워 침을 맞을 때 한의원이 터져라 울었다. 할아버지는 엄마를 향해 다시 고개를 저었고 엄마는 또 죄송하다고 했다.

몇 번의 침술 시뮬레이션이 수포로 돌아가자 엄마는 이제 회유책보다는 강경책을 써야겠다고 판단했다. 엄마는 침을 맞을 때 울면 집에 와서 종아리를 열 대 때리겠다고 말했다. 그러나 만약 울지 않고 잘 참아낸다면 좋아하는 인형을 사주겠다고 했다. 그 후로 열 몇 번의 침술 시간이 끝날 때마다 나는 집에 돌아와 종아리를 열 대씩 맞았다.

종아리를 맞을 때마다 너무 억울했다. 바늘에 눈을 찔린 어린 딸을 이렇게 모질게 때릴 필요가 있나 싶었다. 맞고 싶지 않아서 엄마 앞에서 울어도 보고 애교도 부려보고 화도 내봤지만 엄마는 단호했다. 세상에서 가장 냉정한 얼굴로 종아리를 열 대 때린 뒤 안방으로 들어가는 엄마의 뒷모습을 나는 서럽게 울면서 지켜보았다. 꽤 오랫동안 눈두덩이와 종아리가 골고루 아픈 날이 일주일에 한 번씩 찾아왔다.

어른이 된 후, 한번은 엄마랑 사과를 먹다가 문득 서러워져서 따지듯이 물었다. 왜 그렇게 나를 때렸느냐고, 낯선 할아버지한테 여린 눈두덩이를 사정없이 찔린 어린아이가 안 불쌍했느냐고 물었다. 엄마는 그때를 떠올리는 듯 눈동자를 위로 데구루루 굴리더니 "불쌍했지" 하고 대답했다. 내심 사과를 바랐는데 생각보다 건조하고 짧은 엄마의 대답에 괜히 심술이 나서 핏 하고 웃었다. 순간 엄마가 말했다.

"너보다 내가 더 불쌍했지. 그 어린것이 뭘 알았겠어."

나는 잘못 들었나 싶어 "나?" 하고 되물었다. 엄마는 "아니, 나" 하고 대답했다. 엄마의 눈동자가 과거의 그날들에 머무느라 초점을 잠시 잃었다. 그런 엄마를 보고 있자니 약간 아득한 기분이 들어서 나도 초점을 흐리고 그때의 엄마를 떠올렸다.

엄마는, 첫아이의 성치 못한 눈을 매일 바라보며 죄지은 사람의 얼굴을 했던 엄마는, 아침마다 강판에 사과를 갈며 중얼중얼 혼잣말로 기도하던 엄마는, 어린아이의 악력에 다 늘어난 티셔츠를 입고서 의사들의 숱한 한숨 소리 앞에서 고개를 조아리던 엄마는, 우리 엄마는 그때 겨우 스물여덟 살이었다. 내가 그때의 엄마 나이에 해낸 거라곤 겨우 사과 맛을 안 것뿐이었다.

건성으로 하는
위로

대학교 1, 2학년 때의 나는 친구가 단 한 명도 없는 철저한 그리고 처절한 아웃사이더였다. 그때 나는 한 평짜리 고시원에서 살고 있었는데 그 좁은 공간이 내 세상의 전부였다. 1교시 수업을 들으러 고시원을 나가서 오후 3시쯤 수업이 끝나면 다시 고시원으로 돌아왔다. 나는 다음 날 1교시가 될 때까지 창문도 없는 고시원에 처박혀 영화를 보거나 책을 읽으며 혼자서 소주를 마셨다. 애매한 공강 시간에 배가 고프면 매점에서 삼각김밥을 사다가 아무도 없는 강의실에서 도둑처럼 먹었다. 수업 때문에 학

생들이 들어오는 날이면 반도 못 먹은 삼각김밥을 버리고 도서
관에 숨어 책을 읽었다. 내가 왜 이렇게 그림자 같은 2년을 보냈
느냐 하면, 놀랍게도 사랑하고 있었기 때문이다.

　어리고 아둔하고 미련했던 그때의 나는 남자 친구를 너무 사
랑했다. 그래서 불행했다. 내가 사랑한 그 애는 집착과 의심병이
환장의 콜라보로 이루어진 인간이었기 때문이다. 그럼에도 나
는 사랑받고 싶어서 그 애가 싫어하는 일은 하려는 생각조차 하
지 않았다. 문제는 걔가 싫어하는 게 너무 많았다는 거다. 당시
우리는 장거리 연애를 하느라 일주일에 한 번밖에 못 만났고, 자
주 볼 수 없었기 때문인지 남자 친구의 의심과 상상력은 날이 갈
수록 지독해졌다. 내가 새 옷을 사면 그 애는 "나 없는 데서 누
구한테 잘 보이려고 새 옷을 샀냐?" 하며 화를 냈고, 샤워하느라
20분 동안 연락이 되지 않으면 부재중 전화를 30통씩 걸었으며,
학과의 공지 메시지를 전송한 과대 남자애한테 전화해서 "내 여
자 친구한테 연락하지 마"라고 경고했다. 정말이지 어마어마하
게 숨이 막혔다. 내 주위 남자들은 당연하고 심지어 여자 친구들
까지 무지하게 싫어했기 때문에 나는 걔랑 싸워가며 친구들이랑
점심을 먹느니 차라리 빈 강의실에서 삼각김밥을 허겁지겁 삼키
는 삶을 택했다.

아무튼 그렇게 말도 안 되는 연애를 2년 가까이 하다가 헤어지고 나서 정신을 차려보니 내 주위에 있는 거라곤 냉장고에 가득 찬 참이슬과 곰팡이 핀 고시원 벽지뿐이었다. 비참하고 외로웠다. 한밤중에 충동적으로 고시원에서 나와 학교를 향해 걸었다. 거의 처음 보는 밤의 대학가였다. 학교 앞 술집들은 온통 소란했다. 술집 안에는 내 또래로 보이는 애들이 여럿 모여 웃고 떠들며 행복해하고 있었다. 술집 유리창을 사이에 두고 나만 혼자였다. 유리창에 비친 눈물범벅의 내 모습과 유리창 안의 웃는 애들이 오버랩되어 보였다. 구질구질했다.

만날 사람도 없으면서 왜 나온 걸까. 비참한 마음을 애써 추스르며 집에 돌아가려고 했는데 어이없게도 허기가 졌다. 마침 교문 앞에 손님이 한 명도 없는 포장마차가 보였다. 새내기 때 내게 수강 신청법을 가르쳐줬던 선배가 한 번 데려간 적이 있는 떡볶이집이었다. 나는 눈물을 닦고 떡볶이를 먹으러 포장마차에 들어갔다. 낡은 야구 모자를 쓴 깡마른 아저씨가 무표정으로 다 말라가는 떡볶이를 휘젓고 있었다.

"아저씨, 떡볶이랑 튀김 주세요."

말없이 떡볶이랑 튀김을 내주는 아저씨에게 물었다.

"술 좋아하세요?"

아저씨가 나를 힐끗 쳐다보더니 돈 통에서 5,000원을 꺼내 건네며 막걸리 두 병이랑 딸기 맛 웨하스를 사 오라고 했다. 나는 길 건너 편의점에 가서 장수막걸리 두 병과 딸기 맛 웨하스를 사 왔다.

그날 이후 나는 매일매일 장수막걸리와 딸기 맛 웨하스를 사 들고 포장마차에 갔다. 아저씨는 내가 오면 돼지 한 마리에 얼마 안 나온다는 나름 귀한 내장을 비닐 씌운 접시에 담아 어묵 국물과 함께 내주었다. 나는 아저씨 앞에 앉아서 웨하스와 내장과 어묵 국물을 안주로 먹으면서 해가 뜰 때까지 떠들었다.

아저씨는 소문이 많은 사람이었다. 어떤 학생은 아저씨가 FBI 비밀 요원일 거라고 말했고, 어떤 학생은 아저씨가 사실은 재벌일 거라고 말했다. 그도 그럴 것이 아저씨는 늘 건성으로 행동했기 때문이다. 떡볶이도 대충 만들었고, 박카스 박스를 대충 찢어 만든 돈 통도 마음만 먹으면 훔쳐 갈 수 있는 곳에 아무렇게나 두었다. 떡볶이가 아무리 많이 남아 있어도 새벽 2시 이후에 손님이 찾아오면 장사 끝났다며 돌려보냈고, 자기가 싫어하는 이야기를 하는 손님은 가차 없이 내쫓았다. 때문에 바로 옆에서 인심 좋은 부부가 운영하는 포장마차는 늘 학생들로 북적였는데 아저씨의 포장마차에는 파리만 날렸다.

아저씨는 거의 모든 일에 건성이었지만 출근은 또 성실하게 했다. 비가 오나 눈이 오나 늘 포장마차 문을 성실하게 열고서 건성으로 손님들을 맞이했다. 정말 수상하기 짝이 없는, 그래서 많은 사람이 찾지 않는 아저씨가 편했다. 결은 다르지만 어쨌든 같은 아웃사이더로서 짙은 동질감을 느꼈기 때문이다. 아저씨는 내 말도 건성으로 들었다. 내가 앞에서 뭐라고 떠들건 별 리액션 없이 담배만 뻐끔거리다가 내 안주 접시가 비면 귀한 내장을 건성으로 썰어 담아주었다.

언젠가 아저씨랑 딸기 맛 웨하스를 나눠 먹다가 울어버린 적이 있다. 멍청하기 짝이 없는 연애에 갖다 버린 2년이 너무 아까웠기 때문이다. 아저씨는 그날도 우는 내 앞에서 담배만 뻐끔거렸지만 그래도 벽지에 핀 곰팡이 앞에서 우는 것보다는 훨씬 나았다. 한참을 운 뒤 조금 진정이 되어서 숨을 고르는데 아저씨가 다 울었느냐고 물었다. 그런 것 같다고 대답했더니 느닷없이 파격적인 제안을 해왔다.

"노래방 갈래?"

우리는 포장마차 바로 앞에 있는 지하 노래방으로 갔다. 아저씨를 따라 노래방에 가는 30초 동안 온갖 걱정을 했다. 이토록 건조한 아저씨랑 한 시간 동안 도대체 무슨 노래를 부르며 놀아야 한단 말인가. 말도 제대로 안 하는 양반이 과연 노래는 할까. 내가 부르는 요즘 노래를 알긴 하려나. 그래, 나훈아의 〈무시로〉나 부르자. 가만, 〈무시로〉 어떻게 시작하더라?

노래방에 들어간 지 몇 분 만에 아저씨는 내 걱정이 괜한 노파심이었다는 것을 온몸으로 증명했다. 아저씨는 허리를 과감하게 돌리는 춤을 잘 췄고 나도 모르는 아이돌 노래와 대중적인 트로트를 번갈아 선곡하는 센스쟁이였다. 우리는 한 시간 동안 노래를 부르고 인심 좋은 사장님이 넣어준 서비스 시간까지 남김없이 쓴 후 노래방을 나왔다. 날이 밝고 있었다.

아저씨가 아침을 먹자고 했다. 우리는 학교 앞 돼지국밥집에 들어가서 국밥 두 그릇과 소주 한 병을 주문했다. 아저씨가 내 잔에 소주를 채워주며 특유의 건조한 투로 말했다. 괜찮어, 인마. 아저씨가 따라주는 소주를 받으며 내가 말했다. 네, 괜찮어요.

얼마 전 졸업식을 하러 학교에 갔다. 몇 년 만이었다. 그사이 학교 앞은 많이 변해 있었다. 친구들과 자주 가던 샤브샤브집은 국밥집으로 바뀌었고, 아르바이트를 하며 비밀 연애를 했던 카페베네는 사라졌다. 포장마차도, 마른 떡볶이를 건성으로 휘젓던 깡마른 아저씨도 없었다. 대학 내내 하루가 멀다 하고 찾아갔던 아저씨인데 생각해보니 나는 아저씨의 휴대전화 번호도, 나이도, 심지어 이름도 몰랐다.

포장마차가 없는 교문 앞 빈자리를 한참 동안 쳐다보았다. 물에 젖은 전단지들이 지저분하게 바닥에 붙어 있어서 더 쓸쓸해 보였다. 젖은 전단지의 흐려진 글자들을 읽으며 아저씨를 생각했다. 아저씨는 어디로 갔을까. 다른 곳에서 건성으로 마른 떡볶이를 휘저으며 손님들을 맞이하려나. 아니면 정말 FBI 요원이었을까. 그래서 이렇게 이름도 나이도 번호도 포장마차도 남기지 않고 원래 없었던 사람처럼 사라져버린 건가. 나의 첫 번째 대학 친구는 정말 어디로 갔나. 한 번도 고맙다고 말한 적이 없는데.

이불
서점

다양하고 평범한 아르바이트들을 하며 20대를 채웠다. 오리
온 공장에서 대왕 꿈틀이 젤리를 한 봉지에 딱 하나씩 담는 일,
하림 공장에서 죽은 닭의 머리를 자르고 내장을 빼내는 일, 조폭
이 운영하는 건전한 낙지볶음집에서 조폭 단골에게 쫄지 않고
무사히 밥을 나르는 일, 레고 학원에서 미취학 아동들의 온갖 생
떼를 견디며 똥구멍에 묻은 똥을 친절하게 닦아주는 일, 망해버
린 수영장에서 카운터를 보(면서 월급 받기를 눈치 봤)던 일, 얼
짱 친구와 함께 길거리에서 전단지를 나눠주(기로 했으나 행인

들이 친구에게만 전단지를 받아 가서 의도치 않게 '나만' 아파트 몇 채를 오르내리며 내 몫의 전단지를 처리했)던 일, 대형마트에서 레자 잡화를 팔며 진퉁 가죽이라고 사기 호객을 했던 일 등등 등등등.

아르바이트생 시절, 나는 가난에 대해 자주 생각했다. 그 생각은 진상 손님을 맞이할 때면 설움과 분노로 급격히 변질되곤 했는데 그럴 때면 스태프 룸에 들어가 애꿎은 업소용 냉장고를 주먹으로 쳐가며 마음을 진정시켰다. 나는 궁금했다. 어찌하여 돈 주는 사람은 저리도 뻔뻔하고 돈을 받는 나는 늘 고개를 조아려야 하는가. 돈 없는 건 절대 죄가 아니라던데 나는 왜 맨날 돈이 없어서 죄송해하고 있나. 회색의 튼튼한 냉장고를 주먹으로 치면서 나중에 꼭 부자가 되고 말겠다고 다짐하며 짜디짠 눈물을 삼켰다. 그러나 그때의 다짐과 분노가 무색하게 나는 10년 동안 통장 잔고를 불리지 못한 빈털터리 스물아홉으로 성장하였고 여전히 돈만 괜찮게 준다면 아이들의 엉덩이를 꼼꼼하게 닦아줄 준비가 되어 있다.

끼리끼리 논다는 말이 맞아서일까, 아니면 요즘의 20대는 다 가난해서인 걸까. 나와 친구들의 대화 주제는 거의, 항상 돈이다. 있는 돈 이야기를 하면 좋겠지만 우리는 돈이 없는 애들이기 때문에 주로 없는 돈 이야기를 한다. 돈이 없는 이유는 저마다 제각각이다. 원래는 돈이 많았으나 아버지의 사업 실패로 쫄딱 망해 느닷없이 금수저의 도금이 벗겨진 경우, 부모의 부모의 부모부터 가난했으므로 예외 없이 가난을 물려받게 된 경우, 개처럼 일하였으나 선비처럼 버는 경우, 선비처럼 일하고 있으나 개보다 못 버는 경우 등등.

돈이 없는 우리는 이따금 '앞으로 있을지도 모를 돈'을 이야기하기도 하는데 "돈이 생기면 뭘 할래?"라는 질문에 열에 아홉은 건물을 사거나, 건물을 살 것이라고 말한다. 나 또한 돈이 많아진다면 무엇을 할까 자주 상상한다. 나의 경우는 이렇다. 여차저차 벼락부자가 된다면 일단 건물을 사서 세를 줄 것이다. 아무리 생각해봐도 건물주는 역시 짱이니까. 그다음에 교통이 편리한 시골구석에 작은 서점을 차릴 것이다. 그냥 서점이 아니고 이불 가게를 겸하는 서점. 대략 '이불 서점'이라고 볼 수 있겠다.

이불 서점은 내가 tvN 주말 예능 〈놀라운 토요일〉의 작가로 일하면서 시장 답사를 다니다가 생각한 아이템이다. 작년 겨울, 추위에 덜덜 떨며 광주의 한 시장 길목을 몇 시간째 촬영하고 있었는데 촬영 장소 가까이에 작은 이불 가게가 있었다. 주인 할머니는 온돌방에 푹신한 이불을 펴고 한가롭게 누워서 TV를 보고 있었다.

할머니가 등을 지지는 따끈따끈한 이불속을 상상하며 한참 동안 부러워하고 있었는데 가게에 손님이 찾아왔다. 할머니는 전혀 서두르는 기색 없이 느릿느릿 몸을 일으켜 손님을 맞았다. 손님이 이 이불과 저 이불 사이에서 고민하자 할머니는 이불 두 채를 터프하게 바닥에 펼치고서는 손님에게 누워보라고 권했다. 손님이 약간 망설이다가 이불 위에 누우니 가만히 지켜보던 할머니가 그 옆에 함께 누웠다. 그러니까 할머니는 누워 있다가 잠깐 일어나서 다시 눕는 일을 하는 것이었다! 나는 신개념 오감 만족 와식 판매에 제대로 꽂히고 말았다. 그 충격적인 장면을 목격한 이후 나는 이불 서점을 자주, 구체적으로 고민했다.

우선 이불 서점의 바닥은 절절 끓는 온돌방으로 할 것이다. 그러므로 당연히 신발은 벗고 들어와야 한다. 내가 좋아하는 작가들의 책과 장인들이 만든 값비싼 이불을 판매할 것이다. 그러려면 책장도 이불장도 커야겠다. 최고급 이불을 샘플로 책장 앞에 여러 장 널어놓아야지. 손님들이 마음에 드는 이불을 하나씩 골라잡아 눕거나 앉아서 책을 읽도록. 물론 나도 폭신한 이불속에 파묻혀 책을 읽는 게으른 주인이 될 것이다. 학업과 돈에 허덕이는 대학생 아르바이트생들도 대여섯 명 고용해서 4대 보험

꼬박꼬박 챙겨주면서 남부럽지 않은 월급을 주고 싶다.

개네가 출근해서 이불 털고, 손님들이 꺼내놓은 책을 제자리에 꽂아 넣고, 방바닥 온도만 알맞게 조절해줬으면 좋겠다. 그러다가 밀린 과제도 구석에서 하고 그랬으면 좋겠다. 진상 손님이 오면 얄짤없이 쫓아낼 테다. 내 새끼 같은 아르바이트생 괴롭히지 말고 부끄러운 줄 알라며 삿대질도 몇 번 해야지. 여름에는 수박을, 겨울에는 천혜향을 카운터에 넉넉하게 쌓아두고 손님들이 마음껏 집어 가도록 둘 것이다. 과즙을 이불이나 책에 흘려도 괜찮다. 그런 것쯤은 웃고 넘어갈 정도로 돈이 아주 많을 테니까.

아, 행복한 상상이다. 꿈은 이루어진다던데 누가 만든 대책 없는 달콤한 말일까. 오늘의 이슬이는 자취를 처음 시작할 때 마련한 다 터진 싸구려 이불 위에 누워 트럭에서 파는 한 망에 3,000원짜리 귤을 까먹는 궁핍한 청춘이지만 혹시 모른다. 주름이 좀 자글자글해졌을 때는 내가 차린 아늑한 서점에서 거위 털 이불에 누워 손님들에게 최고급 천혜향을 마음껏 제공하고 있을지. 그날이 진짜 혹시 올까 봐 나는 일단 구체적으로 상상한다. 휴, 다행이다. 상상은 무한 리필 공짜라서.

미워하지 않고
살 수는 없을까

　나에게 '미워한다'는 것은 감정이나 기분이라기보다 고통에
훨씬 가깝다. 생생한 감각과 온도와 통증으로 온몸에 빠르고 깊
게 퍼진다. 심장은 빠르게 뛰고, 꽉 쥔 손은 부들부들 떨리며, 얼
굴은 벌겋게 달아오른다. 손, 발, 몸통, 귀 끝으로 미처 도달하지
못한 미움들은 눈가에 고여 땅으로 떨어지거나 가슴팍 안쪽에서
오래도록 싸하게 맴돈다.

　누군가를 미워하지 않기를 꽤 오랫동안 꿈꾸며 살아왔다. 하
루를 마무리하는 잠자리에서 베개를 고쳐 눕는 동안 여러 번 기

도한다. 하나님, 미워하지 않도록 해주세요. 제게 주어진 한정된 시간을 미워한다는 못생기고 추한 과정에 쏟아붓지 않도록 도와주세요.

기도를 마치고 나면 이번에는 누군가를 열심히 미워한 나 자신이 미워서 견딜 수가 없다. 누군가를 미워하면서 미워하지 않기를 기도하고, 미워했던 나를 강도 높게 미워하는 그런 마이너스의 시간들에 자주 갇힌다.

'미워하기'라는 행위에 쏟은 에너지는 여간한 행복으로는 다시 거둘 수 없다. 작은 것에서 찾은 행복 속에 충분히 잠기기엔 나는 너무 썩었고 위태롭고 하찮다. 미워하기는 너무 쉽고 행복하기는 무척 어려운 날들을 살면서 마음은 자꾸만 가난해진다.

미워하는 마음은 하강 코스에서 완전히 고장 나버린 롤러코스터처럼 확실한 파괴를 향해 감속 않고 돌진한다. 아무리 애를 쓴들 멈출 수 없는 상태, 그 예고된 결과 앞에서 내가 할 수 있는 것은 고장 난 마음이 멈추기를 기도하며 기적을 바라든가, 혹은 예고된 파괴를 등지고 눈을 질끈 감아 외면하는 것뿐이다. 기적은 확실함에 가까운 확률로 일어나지 않고, 외면은 아무것도 해결하지 않는다.

미워함의 대상과 계기와 이유 들은 수도 없이 많다. 그중 가장 견디기 힘든 것은 내가 사랑하는, 내가 사랑했던, 나를 사랑하는 사람들을 미워하는 것이다. 사랑하는 동시에 미워하기. 사랑받으며 미워하기. 한때 서로 사랑했음을 기억하는 가운데 미워하기. 부디 접점이 없어야 할 '미움'과 '사랑' 두 단어는 언젠가 기어이 만나 하이파이브를 치고야 만다. 그 둘이 맞부딪치며 내는 '짝' 소리의 파동은 크레셴도로 커지며 온몸을 휘젓다가 명치를 파고들어 흉한 흔적을 남긴다.

서로의 비밀을 빠짐없이 공유한 친구를, 내 평생을 돌봐준 부모를, 사랑을 속삭였던 연인을, 평생 존경할 거라고 믿었던 은사를 미워하고 원망하다가 종내에는 싫어하는 시간 속에서 살고 있다. 너무 사랑하기에 서운하고, 서운하다 보니 밉고, 미워서 미안하고, 미안하지만 미워하지 않을 수 없는 시간들을 어찌할 바 모르고 보낸다.

사랑하지 않으면 이렇게 미워할 일도 없을 테고 나는 아프지도 않을 텐데 내 마음은 쓸데없이 물렁하고 담벼락도 하찮아서 늘 아무나 마음에 들이고 듬뿍 사랑에 빠져 괴로운 결말을 보고야 만다.

바보와 호구와
무녜코 데 바로

영국의 시골 마을에서 어학연수 중 만난 알폰소와 페드로는
자기 나라에서 가난을 피해 도망쳤다가 더 가난해진 청년들이
었다. 돈을 벌기 위해 무작정 스페인을 떠나 영국으로 온 걔네는
영어를 못했다. 영어를 못하는 그들을 받아주는 곳이, 더구나 좁
디좁은 이 시골 마을에 있을 리가 없었다. 스페인에서 초등학교
교사와 화가였던 둘은 영국에서 햄버거집 아르바이트생조차 될
수 없었다. 나는 대책도 없이 타국에서 돈을 벌려고 했던 그들의
패기를 아직도 이해할 수 없다.

우리는 플랫메이트로 만나 3개월 정도 함께 살았다. 우리가 살던 플랫은 3층짜리 가정집으로, 내가 지금까지 살아본 집 중 가장 크고 가장 저렴했다. 시골 마을이어서 가능한 견적이었다. 그곳엔 잔디 깔린 마당도 있었고 고급스러운 야외 테이블도 있었다. 영국은 해가 뜨는 날이 드물었기 때문에 우리는 날이 좋으면 야외 테이블에 둘러앉아 각자 차린 점심을 나누어 먹었다. 점심을 다 먹은 후에는 테이블 구석에 빈 접시를 아무렇게나 쌓아 놓고 담배를 만들었다.

알폰소와 페드로는 직접 만든 담배를 '타바코'라고 불렀다. 유럽의 말보로는 비쌌고, 타바코는 조금 귀찮은 것만 감수하면 말보로보다 훨씬 싼값으로 더 많은 개비를 만들 수 있었다. 타바코를 만들려면 담배 종이와 필터와 마른 담뱃잎이 필요했다. 먼저 직사각형의 얇은 종이 위에 담뱃잎을 알맞게 깔고 종이 끝에 필터를 놓는다. 그것을 김밥 말듯 둥글게 굴리고 접착 면에 침을 묻혀 붙이면 얇은 담배가 되었다. 내 몫의 타바코도 알폰소와 페드로가 만들어주었다. 내가 만든 타바코는 침 조절을 못 해서 늘 터지거나 축축했기 때문이다.

나는 담배를 마는 그들 옆에 앉아서 필터나 담배 종이를 건넸다. 20개비 정도 말면 우리는 야외 테이블로 올라가 눕거나 앉아

서 담배를 피웠다. 셋이서 이런저런 농담을 주고받으며 담배를
피우다 보면 담배는 금방 동이 났다. 그러면 우리는 또다시 담배
를 말았다.

그렇게 3개월 동안 일도 없이 담배만 말던 개네는 더 가난해
졌다. 가져온 돈을 거의 다 쓴 그들은 잔디 마당이 있는 플랫에
서 방을 빼고 걸어서 10분 거리에 있는 더 저렴한 플랫으로 이사
를 갔다. 그곳엔 영국인 세 명이 먼저 살고 있었다. 마트 청소를
하는 필과 그의 동생 조시, 작은 클럽을 돌며 DJ를 하는 알렉스
였다. 알폰소와 페드로의 집들이 날, 마트에서 싸구려 와인을 사
서 놀러 갔는데 알폰소의 표정이 좋지 않았다. 무슨 일이냐고 물
었더니 알폰소가 속닥거리길 둘이 살게 된 2층의 다락방에서 지
난달, 이름 모를 영국인이 약에 취해 죽었다고 했다.

알폰소는 나를 다락에 데려가 그 여자가 어디쯤에서 어떤 자
세로 죽었는지 알려주었다. 페드로가 나에게 귀신을 떨치는 방
법을 아느냐고 물었다. 우리나라에서는 소금을 뿌려 귀신을 쫓
는다고 대답했더니 알폰소가 조금 망설이다가 주방으로 내려가
소금을 한 주먹 가져와 건넸다. 결벽증이 의심될 정도로 깔끔을
떨던 재가 제 방에 소금을 뿌려달라고 하는 걸 보니 정말 무섭긴
무서운가 보다 싶었다.

소금을 건네받긴 했는데 더블 침대 하나로 꽉 찬 좁은 방에 도무지 소금을 뿌릴 수가 없어서 나는 방 귀퉁이에 소금을 조금씩 나누어 두었다. 소금을 내려놓는 의식을 끝낸 뒤, 우리는 침대 위에 무릎을 꿇고 앉아 각자의 언어로 기도했다. 우리가 함께한 날 중 처음이자 마지막으로 웃음기 없이 진지했던 1분이었다. 함께 아멘으로 기도를 끝마쳤을 때 페드로가 나에게 뭐라고 기도했느냐고 물었다. 나는 귀신이 밤마다 찾아와 너희에게 제발 영어를 가르쳐주기를 기도했다고 말했다. 걔네가 빨리 취소하라며 우는 표정으로 내 등짝을 때렸다.

DJ로 일하는 알렉스 덕분에 그들의 집에서는 파티가 자주 열렸다. 파티라고 해봐야 참석하는 사람은 그 집에 사는 다섯과 내가 전부였다. 우리는 거의 매일 밤 알렉스가 틀어주는 음악에 맞춰 신나게 춤을 추며 싸구려 안주를 먹고 싸구려 와인을 마셨다. 어느 정도 취하면 알폰소는 잔뜩 상기된 얼굴을 하고서 나를 화장실에 데려갔다. 알폰소는 나를 구석에 세워놓고 뒤돌아서 꽤 긴 시간 동안 오줌을 쌌다. 알폰소는 신이 나 높은 목소리로 떠들었다. 그러면서도 중간중간 절대 돌아보지 말라는 경고를 잊지 않았다. 그렇게 불안해할 거면서 도대체 왜 나를 데리고 화장실에 오는 거냐는 나의 질문은 늘 무시당했다.

알폰소가 오줌을 싸는 동안 우리는 항상 등을 맞대고 웃거나 티격태격했다. 그러고 난 뒤에는 그들의 다락방으로 갔다. 방에는 페드로가 아껴뒀던 스페인산 하몽을 침대 위에 펼쳐놓고 우리를 기다리고 있었다. 알폰소는 침대 밑에서 먼지 묻은 기타를 꺼내 퉁기며 스페인어로 즉석 자작곡을 불렀다. 페드로는 알폰소의 노래 가사가 우스워서 배를 잡고 웃었고, 스페인어를 모르는 난 걔네가 웃는 게 우스워서 넘어갈 듯 웃었다. 한번은 페드로가 너무 심하게 웃기에 도대체 저 가사가 무슨 뜻이냐고 물었더니 숨을 껄떡거리며 엉터리 영어로 통역을 해주었는데, 대략 이랬다.

오늘 이슬을 만났네. 이슬도 돈이 없고 우리도 가난하네. 그래서 우리는 오늘도 내일도 모레도 도넛을 먹겠지. 도넛은 20펜스니까. 아, 연어 스테이크를 먹고 싶지만 연어는 7파운드라네. 그래서 도넛을 먹는다네.

하루는 서로의 언어를 배워보기로 했다. '안녕하세요', '올라', '코모 에스타스' 뭐 대충 이런 기본 회화를 10분쯤 열심히 배우다가 흥미가 떨어져서 우리는 각자의 모국어로 서로의 이름을 지어주기로 했다. 개네는 나에게 멋진 이름을 만들어달라고 했다. 나는 '용찬'이나 '호영' 같은 이름들 중에 고민하다가 아무래도 애네랑은 어울리지 않아서 알폰소에게는 '바보', 페드로에게는 '호구'라는 이름을 붙여주었다. 그들이 무슨 뜻이냐고 묻기에 바보는 '바다의 보물'이고 호구는 '좋은 구름'이라고 대충 둘러댔다. 그들은 가슴에 두 손을 얹고 잔뜩 감동한 표정을 지어 보였다. 조금 미안하긴 했지만 크게 신경 쓰이지는 않았다.

이어 둘이서 꽤 열심히 스페인어로 의논하더니 내 이름을 정해주었다. 무녜코 데 바로. '흙으로 빚은 인형'이라는 뜻이랬다. 왜 흙이냐는 내 질문에 그들은 흙만큼 신성한 건 없다고 대답했다. 나는 순간 애네의 이름을 호영이랑 용찬이로 바꿔줄까 고민하다가 관두었다. 나중에 알고 보니 무녜코 데 바로는 '똥'이라는 뜻이었다.

아무튼 호구와 바보와 무녜코 데 바로는 일주일에 두세 번 저녁마다 함께 장을 봤다. 우리는 늘 마트가 문을 닫기 30분 전쯤에 만났다. 그때쯤 되면 낮에는 비싸서 살 수 없는 먹거리들이 반의반의 반값으로 떨어졌기 때문이다. 열두 개들이 도넛이 우리나라 돈으로 1,000원 정도였다. 우리는 도넛과 도넛과 도넛을 사서 바보와 호구의 집에 돌아가 저녁으로 먹었다. 그러길 몇 개

115

월. 여느 날처럼 저녁으로 도넛을 먹다가 눈이 마주친 우리는 새삼 서로를 뚱뚱하다고 느꼈다. 몸무게를 재보니 각자 10킬로 가까이 불어 있었다.

패션에 민감한 호구와 바보는 더 이상 맞지 않는 옷에 몸을 쑤셔 넣으며 아주 죽상이었다. 우리는 다이어트를 다짐했다. 그날부터 집과 가까운 거대한 운동장에서 밤마다 만나 미친 듯이 내달렸다. 한 5분쯤 뛰고 나서 잔뜩 지친 뚱뚱이 셋은 잔디밭에 누워 담배를 피웠다. 엄청나게 넓고 검은 하늘을 향해 담배 연기를 뿜어내며 내일은 정말로 열심히 뛰자고, 8시 이후에는 절대로 도넛을 먹지 말자고 약속했다.

1펜스를 아껴가며 살던, 똑같이 궁핍했던 어느 날. 생리전증후군 때문에 단 것이 몹시 당겼다. 트윅스나 하나 사 먹으려고 마트에 갔는데 이성을 잃고 누텔라며 초코케이크, 초코쿠키, 아무튼 초콜릿이 묻어 있는 거의 모든 군것질거리를 카트에 가득 담았다. 다행히 계산대로 가기 전 가까스로 정신을 차리고 천천히 마트를 돌며 담았던 물건을 꺼내 제자리에 올려두었다. 가장 값싼 초코바 하나만을 커다란 카트에 덜렁 담아 넣고 쓸쓸해진 기분으로 계산을 하러 가는데 생선 코너에 구이용 연어가 보였다. 5파운드였다. 나는 알폰소와 페드로에게 주려고 스테이크용 연어 두 팩을 담아 계산대에서 10파운드 60펜스를 결제했다.

그날 밤 알폰소와 페드로에게 스테이크용 연어 두 덩어리를 깜짝 선물로 주었다. 알폰소는 너무 감동한 나머지 거의 우는 얼굴을 했다. 걔네는 연어에 소금과 후추를 치면서, 올리브유를 뿌리면서, 포일에 감싸 오븐에 넣으면서 거듭 내 지갑 사정을 걱정했다. 나는 연어가 이미 뜨거워져서 환불할 수 없으니 걱정 그만하고 맛있게 먹으라고 말했다.

파스타와 연어 스테이크를 뚝딱 해치우고 우리는 다락방으로 올라갔다. 페드로가 침대 위로 노트북을 가져와 오래전부터 찍어온 둘의 사진들을 보여주었다. 둘은 10년 가까이 함께 사는 중이었다. 10년 전에 찍은 사진 속에는 지금보다 더 털이 많은 페드로와 훨씬 마른 몸의 알폰소가 있었다. 알폰소가 그때의 몸매를 그리워하며 방금 먹은 연어를 후회하기에 나는 토해내라며 헤드록을 걸었다. 알폰소는 미안하다며 다급히 항복을 외쳤다. 우리의 소란에도 아랑곳 않고 사진을 보던 페드로가 갑자기 탄식 비슷한 탄성을 냈다. 알폰소에게 걸었던 헤드록을 풀고 모니터로 시선을 옮겼다. 엄청나게 멋진 암석들이 있는 바다 사진이었다. 사진 왼쪽 귀퉁이에 알폰소와 페드로의 얼굴이 코까지만 찍혀 있었다. 알폰소도 그 사진을 보더니 방금 전 페드로가 했던 것과 비슷한 소리를 냈다.

둘은 사진 속의 바다가 너무 그립다고 말하면서 나를 꼭 이곳에 데려가고 싶다고 했다. 엄청나게 깨끗하고 넓고 아름다운 바다라고 했다. 과연 그래 보였다. 언젠가 스페인에 가면 꼭 데려가달라고 했다. 둘은 잔뜩 신나서 그 해변 사진을 여러 장 더 보여줬는데 뭔가 이상했다. 둘의 모습이 죄다 코나 입까지만 빼꼼 찍혀 있었기 때문이다. 다른 사진에서는 멋진 풍경을 배경으로 둘이서 어깨동무를 하거나 당당한 포즈로 서 있던데.

왜 이렇게 빼꼼거리며 찍었느냐고 물었더니 알폰소가 아주 무심한 얼굴로 누드비치라서 다른 사람이 찍힐까 봐 그런 거라고 대답했다. 나는 할 말을 잃었다. 내 표정을 본 페드로가 왜 그러느냐고 물어서 누드비치를 너네랑 어떻게 가느냐고 대답했다. 걔네는 되레 놀라며 누드비치에 한 번도 가본 적이 없느냐고 물었다. 그러면서 꼭 같이 가서 자유를 느껴봐야 한다며, 옷을 벗고 바다에서 수영하는 것이 얼마나 행복한지를 목에 핏대를 세워가며 설명했다. 생각해보니 얘네랑은 깨벗고 놀아도 괜찮을 것 같아서 나는 그러자고 했다.

새해를 며칠 앞둔 날이었다. 며칠만 더 있으면 한국인인 나만 한 살 더 먹고, 알폰소와 페드로는 새로운 마음으로 일자리를 구할 것이었으며, 나는 영국을 떠나게 될 거였다. 그래서 우리는 가난한 와중에도 특별하게 새해를 보내고 싶었다. 한 해의 마지막 날에 우리는 파티를 하기로 했다. 나의 새로운 나이와 둘의 새 출발을 축하하면서 우리의 이별을 조금만 슬퍼하기 위해서 였다.

알폰소가 5파운드 이내의 재료로 직접 만든 선물을 주고받자고 제안했다. 나는 다음 날 상점에서 남색과 녹색 털실을 사서 둘에게 줄 핸드워머를 떴다. 맨날 붙어 다니는 개네 모르게 선물을 만드는 일은 쉽지 않았다. 나부터도 개네가 어떤 선물을 줄지 궁금해서 둘의 다락방에 놀러 갈 때마다 몰래 침대 밑을 뒤졌다.

우리는 12월 31일 밤에 모여 파티 음식을 만들었다. 알폰소와 페드로는 스페인식 달걀 요리를 했고 나는 치킨을 구웠다. 스페인에서는 새해가 되기 전 열두 번 울리는 종소리에 맞춰 포도를 열두 알 먹으며 행운을 비는 문화가 있어서 영국 생활 처음으로 생과일도 샀다. 우리는 새해를 알리는 종이 땡 치면 선물을 풀어보기로 했으므로 준비해 온 선물을 싱크대 밑에 숨겨놓고 식탁에 둘러앉아 오래오래 음식을 먹고 담배를 피웠다.

마침내 새해 5분 전이 되었고 알폰소와 페드로가 급히 포도 알을 준비했다. 내 몫의 포도알도 앞접시에 담겼다. 영국에서는 종소리를 들을 수 없었기 때문에 우리는 새해가 되기 12초 전부터 포도를 먹기로 했다. 페드로의 "시작" 소리와 함께 정신없이 포도를 먹었다. 포도를 일곱 알쯤 입에 쑤셔 넣었을 때 너무 진지한 그들의 얼굴이 우스워 포도를 다 뱉고 말았다. 알폰소와 페드로도 포도를 입에 가득 문 채로 웃기 시작했다. 우리는 웃느라 포도 먹기에 실패했지만 그래도 새해에는 왠지 행복할 것 같다는 알 수 없는 확신이 들어서 기쁜 마음으로 건배했다.

테이블을 대충 정리한 뒤 각자 준비해 온 선물 꾸러미를 풀었다. 알폰소와 페드로는 핸드워머를 받고서 여기저기 살펴보고 이렇게 저렇게 껴보며 이것을 내가 직접 만들었다는 사실을 믿지 않았다. 나조차도 믿을 수 없을 만큼 괜찮은 모양이었다. 손가락 부분이 없는 워머는 촘촘했고 손등에는 꽈배기 디테일이 있었다. 패션에 까다로운 그 둘이 진심으로 마음에 들어 하는 것 같아서 안도했다.

이번에는 내가 선물을 풀어볼 차례였다. 둘이 기대하는 눈빛으로 포장지를 찢는 내 손끝을 바라보았다. 나는 선물 꾸러미를 풀어보고 왈칵 울어버릴 뻔했다. 걔네가 준비한 선물은 생각보다 훨씬 근사했다. 화가인 페드로는 내 초상화 액자와 우리가 함께한 추억들을 직접 그려 넣은 나무 조각을 선물로 주었다. 함께 먹었던 와인의 상표와, 무녜코 데 바로와, 타바코 등이 거기에 있었다. 알폰소는 초등학교 선생님의 실력을 십분 발휘하여 나를 닮은 동물 캐릭터 열쇠고리를 만들었고, 내 얼굴을 직접 그려 넣은 컵 받침을 선물로 주었다. 나는 울지 않으려고 애쓰며 둘을 꽉 끌어안았다. 우리는 한참 동안 "Thank you so much"와 "I love you"를 남발하며 서로에게 붙어 있었다. 그 초보적이고 헐렁한 두 문장만으로도 서로를 얼마나 사랑하는지, 또 얼마나 그리워할지 다 알 수 있었다.

2장

완전한
타인에게만
말할 수 있는
비밀

이노센트
패륜아

굵은 글씨로 쓰인 효과음 '파칭', 흰색 번개가 내려치는 검은 배경, 주인공의 커다란 눈동자, 배경을 가득 메운 '두근두근' 따위의 의태어 글자들. 만화책에서는 주인공의 내면에 커다란 파동이 이는 순간을 이런 효과들로 표현했던 것 같은데……. 아무튼 여섯 살 이슬의 눈동자가 커지고, 콧구멍은 마구 벌름거리고, 가슴은 두근두근, 머릿속에선 번개가 콰르릉 펑펑 터졌던 어느 날이 기억난다. 귀로 들어와 머릿속을 맴돌던 단어가 기어이 입 밖으로 새어 나오던 그 찰나. 작은 소리였지만 확실했던 발음.

"씨발."

함께 모래놀이를 하던 여덟 살 사촌오빠가 믿을 수 없다는 눈빛으로, 보면 안 될 것을 보았다는 표정으로 이슬을 쳐다보았다. 사촌오빠의 눈동자와 이슬의 눈동자가 마주쳤다. 네 개의 눈동자가 흔들리고 있었다. 이슬은 참지 못하고 배에 힘을 주어 더 크게 외쳤다.

"씨발!"

온몸의 털과 세포들이 뾰족하게 촉을 세우고 파르르 떨렸다. 태어나서 처음으로 욕을 하던 순간은 이토록 생생하다. 그때의 기분을 표현할 완벽한 한 단어를 고른다면 '홀리 쉿(holy shit)'이 아닐까.

그날, 나는 시소를 타거나 철봉에 매달리거나 모래를 발로 찰 때마다 쉴 새 없이 씨발 씨발거리는 초등학생들 옆에서 사촌오빠와 모래놀이를 하고 있었다. 세상에 나온 지 6년밖에 안 된 뽀얗고 말랑한 나의 뇌는 그들이 맥락 없이 내뱉는 단어를 스펀지처럼 흡수했다. "여섯 쌀이에요"라고 말할 때를 제외하고는 아마 거의 처음으로 발음해보는 쌍시옷이었다.

고하건대 그때 나는 욕이 나쁜 것인 줄 몰랐다. 사실 욕의 의미조차도 모르고 있었다. 아이들에게는 그러지 말라고 하면서 어른들은 잘도 "씨발", "지랄", "개새끼"거리기에 그런 단어들은 나이가 들어야지만 말할 수 있는 것인 줄 알았다. 마치 술과 담배처럼.

그런데 뭐 막상 질러보니 생각보다 별것이 아니었고, 심지어 내가 눈앞의 초등학생들보다 억양이나 발음 면에서 더 훌륭한 "씨발"을 해낸 것 같아 뿌듯하기까지 했다. 나는 갑자기 어른들의 단어를 사용하는 여섯 살이 되어버린 것을 실감했다. 어른에 가까워진 기분은 굉장히 야하고 짜릿했다. 나는 혀끝에 한껏 째*를 내어 한 번 더 외쳤다

"쒸발."

무지하게 멋진 두 음절이었다.

느닷없이 욕을 내뱉는 나에게 사촌오빠가 그만하라며 화를 냈다. 나는 그러지 말고 이 짜릿한 단어를 한 번만 발음해보라고 오빠를 설득했다. 오빠는 거부했다. 나는 속으로 오빠가 겁쟁이라고 생각했다.

퇴근한 아빠가 나를 데리러 놀이터에 왔을 때, 사촌오빠는 죄지은 얼굴로 우리 아빠랑 눈도 못 마주치고 도망치듯이 자기 집

---

* '멋'을 이르는 전라도 사투리.

으로 돌아갔다. 그러거나 말거나 나는 아빠에게 내가 습득한 단어를 빨리 자랑하고 싶었다. 아빠! 이슬이도 이제 어른이에요!

나는 오래된 아파트의 13층에 살았다. 아빠 손을 잡고 엘리베이터에 몸을 실었다. 같은 동에 사는 아주머니 아저씨 몇 명도 우리와 함께 올라탔다. 아빠가 그분들의 층수를 대신 눌러주었다. 굳이 묻지 않아도 서로의 층수를 눌러줄 만큼 오래되고 긴밀한 이웃들이었다. 아주머니가 아빠 손을 꼭 잡은 나를 보고 흐뭇한 미소를 지었다. 나도 아주머니를 향해 답례의 미소를 지어 보였다. 다른 층의 버튼을 누르느라 정작 우리 층 버튼을 누르는 것을 잊은 아빠에게 내가 웃으며 말했다.

"아빠, 씨발 13층도 눌러줘."

"헉"

아주머니가 짧은 감탄사를 내뱉었다.

"뭐라고?"

아빠가 물었다.

"13층도 눌러야지, 씨발."

어른들의 시선을 만끽하며 세상 뿌듯한 얼굴로 내가 말했다.

엘리베이터 안이 어색한 침묵으로 가득 찼다. 그러니까 요샛말로 갑분싸. 아빠는 얼굴이 벌게져서는 일단 13층을 눌렀다. 나는 뿌듯한 마음으로 아빠를 올려다보았으나 아빠의 표정이 좋지 않았다. 화가 난 것처럼 보이기도 했다. 나는 조금 불안해져서 아빠의 옷소매를 죽죽 잡아당겼다.

"아빠?"

이럴 수가. 아빠는 나를 쳐다보지도 않았다. 나는 거의 울 것 같은 얼굴로 물었다.

"아빠, 씨발 화났어?"

급하게 현관문을 열고 집으로 들어간 아빠는 양복을 벗기도 전에 회초리부터 꺼내 들었다.

"강이슬, 이리 와."

아빠의 엄한 목소리에 눈물이 터졌다. 처음 보는 아빠의 냉정한 모습이었다. 상황을 판단하기 위해 정신없이 머리를 굴렸다. 내가 무엇을 잘못했단 말인가. 놀이터에서 너무 늦게까지 놀았나? 모래 위에 털썩 앉아서 그런가? 옷이 너무 더러워졌나?

"이리 와!"

아빠의 낙뢰 같은 목소리가 온몸에 부딪쳤다. 나는 서둘러 "아빠, 잘못했어요"라고 말했다. 뭔지는 몰라도 잘못을 하긴 했으니 아빠가 저렇게 화가 났겠지. 아빠의 용서를 기다리며 눈물을 닦지도 못하고 줄줄줄 흘리고만 있는데 아빠가 물었다.

"뭘 잘못했어?"

헉. 숨이 막혔다. 무엇을 잘못했는지 도저히 감이 잡히지 않았기 때문에 나는 아무 말도 못 하고 울기만 했다. 아빠가 대답을 다그치며 회초리로 바닥을 세게 탁탁 쳤다. 나는 넘어갈락 말락 한 거친 숨소리 사이로 간신히 몇 글자를 내뱉었다.

"흐억, 흐억, 씨발, 흐억, 몰라요, 흐억."

아빠가 잔뜩 인상을 쓰고서 아까보다 훨씬 크고 무서운 목소리로 "누가 그런 말을 하라고 그랬냐!" 하고 혼을 냈다. 나는 정말이지 아빠가 이러는 영문도 모르겠고 몹시 억울하여 "네? 흐억, 흐억, 씨발, 뭐가?" 하고 되물었다. 아빠는 잠깐 나를 바라보더니 매를 내려놓고 자신의 무릎을 탁탁 쳤다. 무릎에 앉으라는 뜻이었다. 화가 풀렸구나! 나는 아빠 품에 와락 안겨 서럽게 울었다. 아빠가 품으로 파고드는 내 얼굴을 들어 눈을 마주치고는 눈물을 닦아줬다.

"이슬아, 욕은 나쁜 거야. 욕하면 안 돼."

나는 엉엉 울면서 '씨발'이 욕이라는 것이냐고, 그리고 욕이 나쁜 것이냐고 물었다. 아빠는 그렇다고 했다. 정말로 몰랐던 사실이었으므로 정말 몰랐다고 말했다. 그리고 놀이터에서 스쳤던 초등학생 오빠들에게 내가 지은 모든 죄(?)를 뒤집어씌웠다.

아빠는 나의 해명을 다 듣고 난 후 커다란 새끼손가락을 들어 보였다. 약속하자는 뜻이었다. 나는 아빠의 새끼손가락에 나의 짧고 뚱뚱한 두 번째 손가락을 걸고 다시는 욕하지 않겠노라고 약속했다. 아빠는 눈물에 젖어 여기저기에 들러붙은 내 잔머리를 싹싹 뒤로 쓸어 넘기고 이마에 뽀뽀를 해주었다. 두툼한 손으로 등을 토닥여주니 불규칙하게 쏟아지던 숨도 점차 균일해졌다.

그날 이후로 나는 두 번 다시 아빠 앞에서 욕을 하지 않았다. 대신 아빠가 없을 때만 몰래몰래 엄청나게 많은 욕을 했다.

이별의
오답 노트

그 애에게 메시지가 와 있는지 확인하려고 비몽사몽 중에 휴대전화로 손을 뻗다가 깨달았다. 아, 맞다. 헤어졌지, 참.

그날 아침 눈뜨기 다섯 시간 전에 그 애랑 헤어졌다. 분명 헤어지자는 말을 하러 간 거였는데 사실은 헤어지고 싶지 않았다. 그 애가 용기 없고 비겁한 나에게 왜 그러느냐고 물어봐준다면 나는 남아 있는 용기를 빠짐없이 끌어모아 다시 잘해보자고 악수를 건넬 생각도 하고 있었다. 하지만 그 애는 그러지 않았고 나는 끝내 비겁했기 때문에 우리는 헤어졌다. 우리가 며칠이나 사귀었나. 디데이 앱을 확인해보니 겨우 75일이었다.

성냥처럼 사랑했구나. 막 불이 붙어 타오르는 성냥을 누가 유리컵으로 덮어버린 느낌이었다. 불은 급하고 허무하게 꺼졌고 연기와 향은 흩어지지 못한 채 진하게 남았다. 그 애랑 헤어진 게 한참 전 일 같은데 나는 아직도 지난 일이 생생하게 속상하다. 그 애와의 연애는 다 틀린 시험지였으므로 나는 모든 순간을 오답 노트 쓰듯 복기하며 후회하고 반성한다. 아, 더 잘해줄걸, 그러지 말걸, 내가 부족했구나.

헤어지던 날 마지막으로 담배를 같이 태웠다. 보통 때는 담배를 같이 피운 뒤에 손을 탁탁 털고 그 애의 손을 잡았는데 이제는 갈 곳 잃은 손을 주머니에 찔러 넣어야 했다. 조용히 담배를 피우는 그 애에게 문득 물어보고 싶어졌다. 하든, 하지 않든 분명히 후회할 질문이었다. 나를 정말 좋아했느냐고 물었다. 그 애는 대답 대신 황당하다는 표정을 지어 보였다. 당연한 걸 왜 묻느냐는 표정이었다. 나는 그래서 더 속상해졌다. 너는 정말 나를 좋아하지 않았구나.

손에 든 담배는 꽁초가 된 지 오래였는데 버리기가 아쉬워 괜히 몇 번 더 담뱃재를 털었다. 내가 마침내 담배를 버렸을 때 그 애는 이만 가자고 했다. 날이 추웠다. 그 애는 히트택을 잘 입고 다니라고 말했다. 왠지 대답하고 싶지 않아 앞서 걸었다. 횡단보도 앞에서 멈추었을 때 그 애는 잘 가라고 말하며 내 쪽으로 손을 뻗었다. 어깨를 툭툭 칠 참이었다. 나는 그 제스처가 좀 속상해서 그 애의 손이 내 어깨에 닿지 않도록 서둘러 발걸음을 떼며 뒤도 돌아보지 않은 채 잘 가라고 말했다.

집으로 가는 길이 멀었다. 자주 걸었던 길인데도 '아직도 집이 아니야?', '아직도?'라는 생각을 계속하며 겨우 집에 도착했다. 실제로 집이 평소보다 조금 멀어졌거나, 아니면 내 뒤에 붙은 미련이 무거워서였을 것이다.

울리지 않을 휴대전화를 손에 쥐고 침대에 누워서 생각했다. 그 애가 힘들거나 우울해하지 않았으면 좋겠다. 밥은 잘 챙겨 먹을까. 멋진 음악을 만들었으면 좋겠다. 글을 새로 쓰기 시작했다는데 잘 쓸까. 그 애가 키우는 강아지가 보고 싶어지면 어쩌지. 그러다가 문득 또 허무해졌다. 아마 그 애는 우리가 만나는 75일 동안 내 염려를 이 잠깐만큼도 안 했을 것 같다는 생각이 들어서였다.

사귀는 동안 무척이나 외롭고 쓸쓸해서 자주 이별을 생각했는데 헤어지자마자 그 애가 어떤 식으로 나를 외롭게 했는지, 쓸쓸하게 했는지 잘 기억이 나지 않았다. 대신 나에게 만들어준 따뜻한 음식과, 그 애가 키우는 강아지들의 부드러운 혓바닥 감촉과, 지방에서 사다 준 빵과, 갑작스레 선물해준 꽃다발 같은 것들만 기억났다. 내 뇌는 생각보다 자정작용을 잘하는구나. 차라리 잘됐다고 생각했다. 짧았지만 좋았던 기억만 가지고 사는 게 그 애에게나 나에게나 훨씬 이로울 터였다.

네가 남긴 작은 발자국들도
곧 사라질 텐데

　　동물 병원 통유리창 너머에서 모르는 여자가 전화기를 붙들고 울고 있었다. 여자의 젖은 눈과 내 눈이 마주친 순간, 가슴팍을 돌로 맞은 기분이었다. 시체라도 본 사람처럼 재빨리 고개를 돌려 잰걸음으로 앞서 걸었다. 울지 않고 많이많이 걷고 싶었는데 결국 얼마 못 가 멈추어 서서 엉엉 울고 말았다. 같이 산책을 하던 친구가 당황하며 나를 안아주었다. 내가 방금 애써 외면한 여자는 24시간 동물 병원에서 나보다 더 많이 울 거였다. 그 여자한테서 2년 전의 나를, 엄마를, 동생을, 아빠를 겹쳐보았다.

그 겨울 내 사랑하는 강아지 기쁨이가 죽던 날 우리 가족의 모습이 방금 그 통유리 너머에 분명히 있었다.

시골로 이사한 지 얼마 안 됐을 때, 개라면 무조건 질색하던 엄마 말을 무시하고 이모 공장 근처에 버려져 있던 강아지 두 마리를 데려왔다. 갈색 점박이 수컷과 검은 점박이 암컷이었다. 똥물에 젖은 채 겁에 질려 바들거리는 이 조그만 것들을 바라보던 엄마는 앞으로 기쁜 소망만 안고 살라며 기쁨이와 소망이라고 이름 붙였다.

아주 어릴 적 큰 개에게 얼굴을 물린 기억이 있는 엄마는 그 날 태어나서 처음으로 애정 어린 손길로 개를 쓰다듬었다. 오래 지나지 않아서 동네 정육점에서 잡뼈를 얻어다가 기쁨이와 소망이에게 먹이는 게 엄마의 새로운 낙이 되었고, 원체 개를 좋아했던 아빠는 아이들이 안아달라 보채며 양복 바짓가랑이에 묻히는 흙조차도 예쁘다 했다. 똥 냄새가 나던 몇백 그램짜리 꼬물이들은 우리 가족에게 한껏 사랑받으며 건강하고 통통한 믹스견으로 무럭무럭 자랐다.

기쁨이와 소망이를 처음 데려오던 날 임시방편으로 만들었던 개집은 어느덧 4킬로가 훌쩍 넘어버린 애들에게 너무 비좁아졌다. 손재주 좋은 아빠는 가족들을 모아 기쁨, 소망 집 디자인

공모전을 열었다. 나와 엄마와 동생은 뜨끈한 바닥에 배를 깔고 엎드려 A4용지에 각자가 생각하는 꿈의 개집을 그렸다. 아빠는 심사숙고 끝에 엄마가 그린 도안을 최종 선택했다.

다음 날 우리 가족은 마당에 모여 페인트칠을 하고, 뼈다귀 모양 목재 장식 고리를 사포에 갈고, 못질을 해서 기쁨이와 소망이의 집을 완성했다. 노란 벽에 주황 지붕을 얹은 나무 집이었다. 엄마는 강아지가 드나드는 문 옆에 '기쁨♡소망'이라고 적었다. 다행히 기쁨이와 소망이도 집이 마음에 들었는지 밤이 되면 들어가 몸을 포개고 아침까지 나오지 않았다.

태어나서 한 번도 떨어져본 적 없는 둘은 무엇을 하든 함께였다. 산책할 때, 밥 먹을 때는 물론이고 똥을 눌 때도 그 넓은 마당 중 꼭 같은 곳에만 눴다. 아빠가 늦는 밤이면 데크 뒷문에서 몸을 맞대고 기다리고, 하나를 혼내면 다른 하나가 안절부절못하는 모습을 보고 있자면 꼭 기특한 쌍둥이 막내를 키우는 것 같은 기분이 들었다.

눈이 많이 내렸던 날, 동생과 함께 TV를 보고 있었는데 소망이가 앞발로 새시 문을 긁어댔다. 배가 고픈가 하여 저키 간식을 챙겨 밖으로 나갔다. 그런데 항상 소망이 옆을 그림자처럼 지키던 기쁨이가 웬일인지 보이지 않았다. "기쁨아" 하고 이름을 크게 불렀더니 대문 밖에서 비명 섞인 깨갱 소리가 났다. 아찔한 기분으로 그쪽을 쳐다보니 새하얀 눈밭에 커다란 진돗개가 세 마리 있었고 작은 기쁨이가 그들 사이에 누워 있었다. 냅다 소리를 지르며 신발도 신지 못하고 대문 밖으로 뛰어나갔다. 마당의 자갈과 대문 밖의 언 가지 들이 발에 밟혔으나 아픈 줄도 몰랐다. 내가 뛰어오는 모습을 본 진돗개 세 마리가 아랫동네로 줄행랑을 쳤다. 눈밭에 힘없이 누워 있는 기쁨이의 눈이 돌아가고, 몸에서 뿜어 나온 피들이 새하얀 눈밭을 적시고 있었다.

서둘러 기쁨이를 안아 들었다. 갈비뼈가 모두 으스러진 걸 손끝으로 느낄 수 있었다. 동생이 멀리서 피투성이 기쁨이를 보고 소리를 지르며 울고 있었다. 으스러진 기쁨이를 담요에 싸매고 서둘러 병원으로 향했다. 병원으로 가던 택시 안에서 내가 가진 모든 것을 걸고 기도했다. 살려주세요. 살려주세요 하나님.

손바닥에 놓인 뜨겁고 척척한 기쁨이의 몸이 미약하게 아래위로 움직이고 있었다. 그사이 소식을 들은 엄마가 병원에 먼저 와 있었다. 의사 선생님은 기쁨이의 갈비뼈가 다 부서졌고 그 통에 장기들도 모조리 찢어져 가망이 없다고 이야기했다. 수술대에 누워 있는 기쁨이를 바라보았다. 늘 반짝이던 커다란 눈은 초점을 잃어갔고 사랑스러운 까맣고 작은 입 밖으로 마른 혓바닥이 늘어져 있었다.

기쁨이는 죽어가고 있었다.

엄마는 무릎을 꿇고 기쁨이와 눈을 맞췄다. 젖은 목소리로 "죽지 마. 아가, 죽지 마" 하고 말하며 기쁨이를 쓰다듬었다. 엄마의 손이 이마에 닿자 눈도 제대로 못 뜨던 기쁨이가 몸을 부르르 떨더니 꼬리를 살랑였다. 마음이 무너졌다.

의사 선생님이 기쁨이의 가느다란 다리에 수액 바늘을 꽂자 기쁨이가 순간 빳빳하게 굳었다. 다급하게 CPR을 했다. 이미 부서져버린 갈비뼈가 의사 선생님의 커다란 손 밑에서 걸그적거렸다. 얼굴을 감싸 쥐고 울던 엄마가 비명처럼 외쳤다.

"그만하세요, 선생님, 그만하세요. 기쁨아, 아가, 엄마야. 너희도 빨리 기쁨이 불러봐. 아직은 들을 수 있을 거야."

엄마가 우리를 다그쳤다. 기쁨이에게 많이 사랑한다고, 보고 싶을 거라고 이야기해주고 싶었지만 울음소리가 먼저 밀려 나와 하고 싶은 말들을 덮었다. 엄마가 기쁨이 귀에 대고 이름을 불렀다.

"기쁨아."

기쁨이의 꼬리가 두어 번 움직이더니 푹 고꾸라졌다. 작고 어린 기쁨이가 죽기에 수술대는 너무 차갑고 딱딱해 보였다. 이제

더는 따뜻하지 않은 기쁨이를 품에 안고 집으로 돌아왔다. 뒤늦게 퇴근한 아빠가 딱딱하게 굳은 기쁨이를 안아 들고는 한참을 바라보다가 머리를 쓰다듬었다. 아빠의 굵은 눈물방울이 기쁨이의 얼굴 위로 뚝뚝 떨어지는데도, 아빠가 기쁨이의 이름을 부르는데도 기쁨이는 눈을 뜨는 것도, 꼬리를 흔드는 것도, 아무것도 하지 않은 채 고요했다.

며칠 전 우리 가족이 만든 집에 기쁨이를 눕혔다. 소망이가 따라 들어가 기쁨이 위에 턱을 괴고 누웠다. 기쁨이의 얼굴을 핥아주는 소망이를 쓰다듬으며 오늘이 기쁨이와 보내는 마지막 밤이라고, 지켜주지 못해서 많이 미안하다고 말해주었다.

아빠와 대문 밖을 비추는 CCTV를 돌려보았다. 화면 속에서 건강한 기쁨이와 소망이가 대문을 사이에 두고 진돗개들을 향해 짖고 있었다. 한참을 짖어도 진돗개들이 떠나지 않자 소망이가 닫힌 대문 아래 틈으로 몸을 숙여 나갔다. 진돗개 한 마리가 순식간에 소망이를 물어 대문 맞은편 밭에 패대기를 쳤다. 그러자 기쁨이가 쏜살같이 대문 틈으로 빠져나가 소망이에게 달려갔고, 진돗개들은 튀어 나온 기쁨이를 소망이 대신 물어뜯었다. 그 틈에 소망이가 대문 안으로 들어와 베란다 새시를 앞발로 긁어댔다. 기쁨이를 살려달라고.

다음 날. 기쁨이가 좋아하던 장난감과 간식 들을 마당의 소나무 밑에 함께 묻어주었다. 첫눈을 보고 팔짝거리며 남긴 기쁨이의 조그만 발자국들이 소나무 주변에 여전히 있었다.

옥탑방과
총알오징어와 친구들

　　망원동의 낡아 무너져가는, 추운, 곰팡이가 있는, 그럼에도 행복한 옥탑방에 친구들이 모였다. 모임 이틀 전, 겨울에 먹어야 제맛이라는 총알오징어와 과메기를 주문했다. 제철 음식을 잘 챙겨 먹지 못하는 자취생들끼리 돈을 모아 주문한 안주였다. 1만 원씩 모아서는 여섯 명의 배를 넉넉히 채울 양질의 음식을 준비할 수 없었고, 2만 원이 넘어가는 것은 우리의 신념인 '놀 때 돈 쓰지 않기'에 어긋나기에 적당히 타협하여 1만 5,000원씩 걷었다. 참고로 우리의 신념은 하나 언니의 말버릇 "놀 땐 돈 쓰는 거 아니야"에서 시작되었는데, 재미있는 것은 하나 언니는 내가 살아본 세상 안에서 제일 확실하게, 제일 즐겁게 노는 사람이라는 것이다. 그녀가 노는 가성비는 정말이지 엄청나다.

신년에 처음 모이는 자리를 특별히 기념하며 탁꾸가 모두에게 새해 카드를 선물했다. 내 카드에는 올해를 행복하고 야하게 보내라는 덕담이 쓰여 있었다. 아주 마음에 들었다. 하나 언니도 준비해 온 선물 꾸러미를 풀었다. 우리 집에 오기 전 책방에 들러 급하게 고른 책이랬다. 언니는 한 명 한 명에게 책을 나누어주면서 선물의 의미를 즉석에서 만들어냈다. 오늘 처음 만나는 지원에게는 훗날 차나 한잔하며 친해지자는 의미로 《차나 한잔》, 일과 사람들에게 지쳐 있는 탁꾸에게는 《권태》, 글을 쓰는 나에게는 《미를 추구하는 예술가》, 키 작은 남자 친구를 둔 지수에게는 《키 작은 프리데만 씨》라는 책을 선물했다. 즉석에서 꾸민 이유치고는 '너무나 찰떡'이었기 때문에 모두가 감탄하며 박수를 쳤다. 소소한 것이 내밀한 의미와 큼직한 마음을 머금고 선물이 되는 생생한 순간이었다.

평소 여자 셋이 사는 집에 여섯 명의 남녀가 둘러앉았는데도 묘하게 집이 더 넓어진 기분이었다. 자그마한 좌식 책상을 과메기와 뿔소라와 총알오징어와 매실주와 돈가스와 과일로 가득 채웠다. 전부 9만 원에 마련한 음식으로, 밖에서 먹으면 20만 원은 거뜬히 넘길 정도로 푸짐한 양과 훌륭한 맛이었다. 음악에 일가견이 있는 탁꾸에게 블루투스 스피커를 맡겼다. 우리는 탁꾸가 엄선한 음악이 들리지 않을 만큼 큰 목소리로 대화하고 웃었다. 그러다가도 우리의 웃음소리보다 훨씬 크고 신나는 음악이 나오면 주저 없이 일어나 춤을 추었다. 좁은 거실에서 밥상과 술병들을 피해 조심조심 추었지만 충분히 만족스러웠다.

나는 얼마 전 다리를 다쳐 깁스를 하고 있었는데도 우리가 오랜만에 모여 춤을 춘다는 사실이 너무 신이 나서 다치지 않은 한 발을 바닥을 딛고 다친 다리를 허공에 흔들어댔다. 친구들이 그런 나를 보고 손가락질하며 크게 웃었지만 그들 앞에서는 부끄럽지 않았기 때문에 나는 더 우스꽝스럽게 춤을 췄다.

"이슬이를 위해 상체로만 춤추자. 앉아 앉아."

지수의 제안대로 우리 여섯 명은 뜨끈한 전기장판에 엉덩이를 다시 붙이고 어깨와 팔을 흔들었다.

오랜만에 만난 만큼 우리에게는 '만나서 얘기하자'로 끝냈던 수많은 근황이 있었다. 우리는 뼈대만 있던 얼기설기한 근황에 바삐 살을 붙였다. 그중 가장 반가웠던 소식은 하나 언니의 연애였다. 꽤 오랜만에 찾아온 설렘이라고 했고, 20대의 연애와는 확실히 다른 30대의 사랑이랬다. 아직 20대의 끝자락을 사는 중인 우리는 알 수 없지만 왠지 알 것도 같은 몽글몽글한 기분으로 언니의 이야기를 들었다. 애인 이야기를 하는 동안 언니의 두 눈은 반달 모양으로 구부러졌고 발그레한 볼은 예쁘게 씰룩거렸다.

언니는 누가 뭐라고 하지도 않았는데 자꾸만 혼자 부끄러워하며 내 어깨에 얼굴을 묻고 팔을 가볍게 때리며 웃었다. 혼자서 웃느라 남자 친구 이야기를 30초도 이어가지 못하는 언니를 흘겨보며 야유했지만 언니와 똑같은 모양으로 웃게 되는 입과 볼은 어쩔 수가 없었다.

듬뿍 사랑하는 중인 세 명과 듬뿍 사랑할 대상이 없는 세 명이 모인 자리는 어쨌거나 사랑 이야기로 한참 동안 소란했다. 웃고 떠드는 동안 2차로 찐 총알오징어가 알맞게 익었다. 오징어를 내오기 위해 잠시 주방으로 갔다. 거실에서 단지 두세 걸음 떨어졌을 뿐인데 다섯의 얼굴과 온몸이 한눈에 보였다. 그들의 눈과 입과 콧구멍과 몸짓과 목소리가 하나같이 커다랬다.

밤을 꼬박 새우고 응급실에서 바쁘게 뛰어다닌 간호사 탁꾸는 까무룩 잠들었다. 소파에서 잠들어버린 탁꾸를 배경으로 오늘의 총알오징어 모임을 기념하는 사진을 몇 장 찍고 나서 우리는 작별 인사를 했다. 워낙 친하기에 우리는 성심성의껏 작별하는 법이 없다. 그날도 친구들은 안녕 두 글자를 말하고 현관을 나섰고 집주인은 거실에 앉아 가는 이를 대충 보냈다. 만날 땐 언제고 호들갑스럽고 헤어질 땐 늘 덤덤한 우리의 관계가 새삼 기특했다.

두근거림에도
연습이 필요하다

세상에 공짜는 없다. 지금 능숙하게 할 줄 아는 모든 행위에는 나도 모르게 지불한 대가들이 분명히 있었다. 그래서 나는, 두근거림에도 연습이 필요하다고 믿는다. 여러 번의 시행착오를 통해 경험치를 쌓아야지만 비로소 무탈하고 능숙하게 두근거림을 즐길 수 있다. 어른으로 자란다는 것은 어쩌면 무사히 두근거리는 방법을 익히는 과정일지도 모른다.

내 기억 속 최초의 두근거림은 다섯 살의 가을. 난생처음으로 가는 소풍 전날이었다. 평소 잠들던 시간, 늘 베던 베개에 머리를 대고, 똑같은 이불을 덮고, 엄마의 살냄새를 맡으며 잠을 청하는데 돌연 가슴이 쿵쿵거리기 시작했다. 아, 내 몸속에 심장이라는 게 정말 있구나. 묵직한 심장의 존재를 새삼 실감하며 엄마 손을 내 가슴에 가져다 댔다. 엄마는 "내일 소풍 때문에 이슬이 심장이 이렇게 뛰나 보다. 두근거리는 거야" 하고 말했다.

나는 이 생경한 느낌이 기분 좋으면서도 낯설고 불편했다. 두근거림을 의식할수록 심장이 더 세게 뛰는 것 같았다. 이제 그만 두근대고 싶었지만 심장이란 내 마음대로 제어할 수 있는 것이 아니었다. 빨리 내일이 와서 어서 소풍을 가고 싶었다. 그래야지만 약간은 불쾌하기까지 한 이 두근거림이 멎을 것이므로. 한시라도 빨리 소풍을 가려면 일단 잠이 들어 이 긴 밤을 없애야 했다. 나는 편한 자세로 고쳐 누운 뒤 눈을 감고 빠르게 숨을 쉬기 시작했다. 그땐 숨을 빠르게 쉬면 이 밤이 숨처럼 가쁘게 지나가 금세 아침이 올 거라고 믿었다.

눈을 감고 밭은 숨을 내쉬는 동안 몇 번이나 창밖을 확인하고 싶었다. 하지만 이왕이면 확실히 아침이 되었을 때 눈을 뜨고 싶었으므로 다섯 살의 참을성을 있는 대로 발휘해 눈을 꼭 감고 버텼다.

이렇게나 많은 숨을 이렇게나 빨리 쉬었는데, 이제는 아침이 되고도 남았겠다 싶어 살짝 눈을 떴다. 실눈으로 확인한 창밖은 여전히 캄캄했다. 너무 속상하고 실망스러워서 눈물이 날 것 같았다. 나는 눈물을 참으면서 잠든 엄마의 등에 뺨을 비볐다. 그래도 배 속의 장기가 흐늘흐늘해지는 기분은 오랫동안 가시지 않았다.

나는 부지런히 자라 소풍 전날의 설렘쯤은 가볍게 즐길 줄 아는 초등학생이 되었고, 멜랑콜리했던 첫 두근거림의 기억을 거의 잊을 때쯤 같은 반 남자애를 좋아하게 되었다. 한쪽 앞머리를 길러 노란 브리지를 넣은 그 애가 어찌나 멋져 보이던지⋯⋯. 나는 그 애 앞에서는 항상 들숨, 그리고 정지 상태였다. 그 애가 시야에서 사라져야지만 비로소 나도 모르게 참았던 날숨을 길게 내뱉을 수 있었다.

남몰래 그 애를 좋아하던 수많은 날 중 어느 날, 그 애가 교실 중앙에서 어떤 여자애에게 고백을 했다. 그 상황이 가히 충격이어서 순간 눈물이 터졌다. 남자애의 용감한 고백을 향한 박수와 환호 사이에서 울고 있는 내 모습이 당황스럽고 창피했지만 눈물을 멈추기가 힘들었다. 몇 명이 우는 나를 발견하고는 이유를 물었다. 여러 개의 눈동자가 순식간에 나를 향했다. 나는 배가 아파서 그런다고 거짓말했다. 짝꿍이 교무실에 있는 선생님에게 알리겠다며 교실 밖으로 나갔다. 나는 자포자기 심경으로 선생님이 올 때까지 책상 위에 엎드려 멀쩡한 배를 감싸 쥐고 울었다.

그 후로 몇십 번의 부끄러운 상황들을 겪으며 나는 안전하게 두근거리는 방법을 터득했다. 이제는 좋아하는 사람과 아무렇지 않은 척 술을 마실 수 있으며, 긴 여행이나 중요한 발표 전날에도 큰 노력 없이 숙면하는 내공을 갖게 되었다. 제어하기 힘들 정도의 두근거림은 1년에 한 번 있을까 말까 할 정도로 드물고, 혹여 감당하기 힘든 긴장을 느끼더라도 눈물을 흘리는 대신 술을 마시거나, 담배를 태우거나, 땀이 날 정도의 운동을 하며 자신을 달랠 줄 알게 되었다.

긴장된 마음을 숙련된 솜씨로 차근차근 정리할 때면 불현듯 서툴렀던 어린 날의 두근거림이 떠오른다. 앞으론 눈물이 날 정도로 두근거림에 압도당하는 날은 영영 없으려나 하는 생각에 조금 쓸쓸해진다. 그러나 나는 그런 종류의 헛헛한 마음들을 달래는 법을 아직 알지 못한다.

가난을 팔아
돈을 벌 수 있다면

집주인에게 보증금을 올려달라는 연락을 받았다. '1,000만 원 올리는 것쯤이야' 하는 가벼운 집주인의 말투가 귓속에 무겁게 가라앉았다. 이렇게 낡고 병든 집에서 살 자격을 얻으려면 무려 1,000만 원이 더 필요했다. 우리에겐 없는 돈이었다. 집주인에게 따지고 싶었다. 아저씨는 부자잖아요. 건물도 많다면서요. 1,000만 원 없어도 살 수 있잖아요. 우리는 그 돈이 없어서 죽겠는데요.

박과 나는 속상하고 억울했지만 1,000만 원이 없는 건 우리의 사정이었기 때문에 달리 방법이 없었다. 집주인은 갑이고 우리 같은 애들은 힘도 돈도 없다. 이제 이 집을 떠날 때가 되었나 보다. 안녕, 망원동 옥탑방. 패씸하고 가난한 나의 월셋집.

박과 가진 재산을 더해보았다. 우리가 가진 돈을 담보로 여기저기서 대출을 받으면 1억 4,000만 원짜리 전셋집을 구할 수 있었다. 집 앞의 부동산에 찾아갔다. 어디에 살고 있느냐는 부동산 아저씨의 물음에 우리가 사는 곳을 말하니 아저씨가 고개를 저으며 하루빨리 그 집에서 나오라고 했다. 무슨 그런 집에 그 돈을 주느냐는 말에 우리는 분노와 신뢰를 가득 담아 세차게 고개를 끄덕였다.

우리가 가진 돈이 얼마인지를 들은 아저씨가 모니터 뒤로 곤란한 표정을 숨기며 바쁘게 키보드를 두드리기 시작했다. 박과 나는 애원하는 눈빛으로 아저씨를 조용히 지켜보았다. 잠깐의 침묵 끝에 아저씨가 입을 열었다.

"보자…… 보자. 있기는 있는데……."

다음 말을 기다리는 우리를 안경 너머로 들여다보던 아저씨가 말했다.

"젊은 아가씨들이 살기에는 좀."

우리는 흐려지는 아저씨의 말끝을 붙잡고 외치듯 다급히 말했다.

"괜찮아요, 아저씨. 싼 집이요. 싼 데, 강아지를 키울 수 있는. 겨울에 수도 안 얼고 누수 없는 집이요."

아저씨가 확신 없는 표정으로 자동차 열쇠를 챙겼다. 우리는 아저씨를 따라 나가 아반떼 뒷좌석에 몸을 실었다. 차로 5분 정도 달려 오래되고 허름한 빌라 앞에 도착했다. 건물을 올려다본 박이 말했다.

"또 빨간 벽돌이네."

35년 된 건물이라는 설명을 듣기는 했지만 빈집에 들어가니 압도적으로 느껴지는 35년의 세월이 가히 부담스러웠다. 천장은 기울었고 독한 하수구 냄새가 났다. 여기저기 헤진 벽지들을 애써 외면하며 집을 둘러보았다. 인터넷에서 미리 보아둔 새집 체크리스트대로 곰팡이가 없는지 장판이 들뜨지 않았는지, 수압은 괜찮은지를 체크하기 위해서였다.

약간 끈적이는 손잡이를 돌려 옥색 방문을 열었다. 꼼꼼히 확인해보지 않아도 검푸른 곰팡이가 천장이며 벽지에서 존재감을 드러내고 있었고, 장판은 밟을 때마다 푸석거렸다.

"그래도 수압은 좋다."

화장실 수도꼭지에서 약간씩 쿨럭이며 쏟아지는 물을 보고 내가 말했다.

아저씨가 머쓱한 표정을 지으며 우리를 쳐다보았다. 우리도 비슷한 표정으로 아저씨를 바라보았다. 누구도 잘못하지 않았는데 뭔가 잘못된 것 같은 이 상황에서 아저씨가 먼저 입을 열었다.

"아가씨들이 가진 돈에 맞추려면……."

우리는 "맞아요" 하고 짧게 대답했다. 아저씨도 알고 우리도 알 듯 이런 집에 살 돈밖에 없으니, 그게 맞으니 민망해하지 말자는 의미의 대답이었다.

아저씨가 다음 집을 보여주겠다고 했다. 아까와는 다르게 아반떼 뒷좌석이 묘하게 불편해졌다. 다음 집은 차에서 내려 한참을 걸어야 하는 곳이었다. 아저씨를 따라 골목으로 들어서자 박이 소곤거리며 말했다.

"조금 무섭다."

낮에도 캄캄한 이 골목길을 야근을 끝내고 혼자서 걸어올 생각을 하니 조금 착잡해졌다. 한참 바닥만 보며 오르막을 걷다가 고개를 들었는데 멀지 않은 곳에서 멋지게 올라선 아파트 단지가 보였다. 우리는 저런 집에 살아볼 수나 있을까? 언젠가는 그럴 수도 있겠지만 일단 오늘은 아니었기 때문에 다시 아저씨 뒤를 쫓았다. 아저씨의 잰걸음을 바쁘게 따라잡으며 생각했다. 어쩌면 저런 집에서 살아볼 수 없을지도 모르겠다.

말없이 한참 언덕길을 오르던 아저씨가 헉헉거리며 조금만 더 가면 된다고 말했다. 아저씨가 같은 말을 세 번쯤 했을 때 우리는 조금 전보다 더 오래되어 보이는 집 앞에 도착했다. 낡고 허름한 계단을 밟아 3층으로 올라가는 동안 아저씨는 집에 대한 설명을 바쁘게 덧붙였다. 집주인이 좋은 분이고 오르막길이긴 하지만 역과도 많-이 멀지 않다고. 그리고 무엇보다 아주 넓은 집이랬다.

문을 열었을 때 상상 이상으로 넓은 집을 보고 놀라지 않을 수 없었다. 족히 28평은 되어 보였다. 방도 네 개나 있었다. 이 집에서 가위에 눌리지 않고 잠들 자신이 없다는 것만 빼면 괜찮았다. 팔꿈치에 힘을 실어 밀면 부서질 것 같은 고동색 샛시와, 누수 때문인지 뭐 때문인지 끈적거리는 바닥, 종로의 노포에서 나 본 옥색 환풍기, 욕실의 조그마한 타일 사이사이에 꼼꼼하게 껴 있는 물때.

"여긴 얼마예요?"

아저씨는 1억 7,000이라고 대답했다. 우리가 바닥까지 긁어 구한 돈은 1억 4,000이라서 어차피 감히 살아보려고 엄두조차 낼 수 없는 집이었다. 아무도 없는 집에 "안녕히 계세요" 하고 인사했다. '집님, 안녕히 계세요. 여유도 없는 쉰네가 감히 발을 들였네요' 하는 의미로.

박과 몇 주 동안 다양한 동네의 부동산을 돌았다. 돌고 돌아 우리 형편으로 살 수 있는 전셋집이 없다는 것을 깨달았을 때 집주인에게 전화를 했다. 우리가 보증금 1,000만 원을 올리고 살 수 있겠느냐고. 집주인은 집을 내놓은 지 한 달이 되도록 문의가 없어서 걱정했는데 잘되었다며 반색했다. 아무도 찾지 않는 집에서 다시 살게 되었구나. 차라리 몰랐다면 더 좋았을걸.

며칠 후, 집주인과 만나 1년 연장 계약을 했다. 당장 1,000만 원이 없었기 때문에 대출 심사를 받는 두 달을 기다려줄 수 있느냐고 물었더니 두 달 동안 월세를 10만 원씩 더 내면 된다는 대답을 들었다. 10만 원은 별게 아니니 우리를 믿고 계약서에 적지 않겠다고 말하는 집주인에게 이해해주셔서 감사하다고 말했다. 생각지도 못하게 빠져나갈 20만 원 때문에 속이 쓰렸다. 계약서를 접으며 집주인이 박과 나에게 고향이 서울이냐고 물었다. 우리는 전라도에서 상경했다고 답했다. 그는 웃으며 젊은이들이 서울살이에 고생이 많다고 격려했다.

카페를 나와서 과연 내년에는 이사를 갈 수 있을지 생각해보았다. 올해 열심히 일하고 덜 쓰면 내년에는 옥탑이 아닌 곳에서 살 수 있지 않을까? 아, 내년에는 또 집값이 오르려나. 우리 월급만 빼고 다 오르는 똑같은 내년을 맞이하려나. 답답하고 속이 상해서 담배를 한 대 태우는 동안 가난을 팔아 돈을 벌고 싶다고 생각했다. 내가 차고 넘치게 품은 이 가난을 싼값에라도 팔 수 있다면 얼마나, 얼마나 좋을까.

골목길에서 밥 짓는 냄새가 났다. 합정역 뒤편에 있는 메세나 폴리스가 전보다 더 높아 보였다. 필터만 남은 담배를 세게 털고서 아마도이자람밴드의 〈나의 가난은〉을 크게 부르며 내가 사는 옥탑방을 향해 괜히 더 씩씩하게 걸었다.

서로에게
미안해하는 여자들

이번엔 엄마랑 싸우지 말아야지.

예쁘게 말해야지.

화가 나도 따지지 말자.

고향 집으로 가는 열차 안에서 눈을 감고 수십 번 다짐한다. 엄마와 둘이 남아 있는 시간이 무섭다. 내가 엄마에게 남기고 말 확실하고 날카로운 상처들이 빤해서 가능하면 그 시간을 피하고 싶다. 다른 애들은 엄마랑 둘이서 데이트도 하고 여행도 다니고

별의별 이야기들을 스스럼없이 한다는데 우리는 왜 그러지 못할까. 아니, 나는 왜 그러지 못할까.

익산으로 내려오는 내내 되뇌었던 다짐들이 무색하게 이번 설에도 결국 엄마와 싸우고 말았다. 내가 깜빡하고 전기장판 코드를 빼놓지 않았는데 엄마가 벌컥 화를 내며 돈 무서운 줄 모르는 애라고 나무랐다. 나는 겨우 그런 거 가지고 오랜만에 본 딸한테 화를 내냐며 지지 않고 따졌다.

고작 전기 코드 때문에 필요 이상의 날 선 말들을 주고받으며 다툰 우리는 열 몇 시간 동안 한 마디도 하지 않고, 눈도 마주치지 않은 채 같은 공간에 있었다. 결국 엄마랑 같은 집에 있기 괴로워서 인사도 하지 않고 서둘러 짐을 챙겨 용산행 기차에 몸을 실었다. 나는 이제 추석이 가까워서야 고향 집에 갈 것이다.

가볍게 덜컹거리는 기차 안에서 나는 엄마를 미워하다가 안쓰러워하다가 결국 생각하지 않기로 했다. 그러다가 울컥 눈물이 났다. 나는 왜 이렇게 미운 딸인지, 밖에 나가서는 서글서글하고 성격 좋게 행동하는데 왜 엄마 앞에만 가면 이렇게 독한 년이 되는 건지.

불쌍한 우리 엄마. 아무래도 나는 엄마의 인생이 너무 속상해서 화를 내는 것 같다. 가난하게 산 세월이 몸에 배어서 20년도 더 된 옷을 버리지 못하는, 영하 10도를 밑도는 추운 날씨에도 보일러 켜는 것을 망설이는, 화장실 불을 안 껐다고 버럭 화내는 엄마가 구질구질하다고 생각하면서 사실은 그런 엄마가 더는 적은 돈에 목매지 않게 할 능력이 없는 내가 한심해 엄마한테 화를 낸다.

평생을 부자로 살아본 적이 없는 엄마는 아직도 돈 쓰는 것이 세상에서 제일 두렵댔다.

"돈 주는 사람이 세상에서 제일 좋고, 돈 달라고 하는 사람이 제일 미워."

엄마의 입버릇대로라면 나는 엄마한테 제일 미운 사람이고, 제일 좋은 사람이 되려면 아직 멀었다. 펑펑 낭비하는 나를 키워내려고 엄마가 포기했던, 가질 수 있었던 많은 것을 떠올려본다. 아무리 생각해봐도 확실히 나만 없었다면 우리 엄마는 훨씬 고급 인생을 살았을 것이다. 고급 인생을 포기하고 자신의 살과 뼈를 먹여 키워낸 것이 고작 나라니. 예쁘고 달콤한 말은 고사하고 고마울 때 고맙다는 말 한마디 할 줄 모르는 독한 나라니. 절대 닮고 싶지 않은 엄마의 인생을 내가 주최했다는 사실이 복잡하게 와 닿는다.

엄마는 피아노를 배우고 싶었다고 했다. 영어를 잘하고 싶었고 대학도 가고 싶었다고 했다. 해외여행을 다니면서 세상에 있는 이것저것의 냄새를 맡아보고 직접 만져보고 싶었다고 했다. 나는 엄마가 아낀 돈으로 피아노를 배우고, 엄마 돈으로 해외에서 영어를 배웠으며, 엄마의 적금으로 대학을 나와 엄마의 것보다 훨씬 괜찮은 인생관과 가치관을 쌓았다. 그러면서 나는 열심히 엄마의 세상과 멀어졌다. 엄마는 무엇을 바라고 나를 가르쳤을까. 100원, 200원을 아껴가며 부어온 적금들을 오직 나를 위해서 깨뜨릴 때 기대했던 미래는 뭐였을까. 분명 이런 건 아니었을 것이다.

얼마 전 내 다리가 부러졌을 때 엄마는 미안하다고 했다. 뭐가 미안하냐고 물으니 요즘 새벽기도를 빠졌기 때문에 내가 이렇게 아픈 거랬다. 황당해서 그런 게 어디 있느냐고 따졌더니 엄마는 자기가 고생하지 않고 편하면 꼭 나나 동생이 아프게 된다며 속상해했다. 엄마는 그다음 날부터 새벽 4시 반에 추위를 뚫고 시골길을 걸어 빠짐없이 새벽기도를 나갔다. 떠지지 않는 눈을 찬물로 헹구며, 얼굴을 할퀴는 찬 바람을 뚫으며 당신은 생각했을 것이다. 내가 편하면 딸들이 아프다. 내가 덜 편해야 애들이 무탈하다.

눈물이 떨어질 것 같아 휴지를 찾으려고 가방을 열었더니 배랑 사과랑 찐 고구마가 있었다. 나는 넣은 적이 없는데. 딸들 온 다고 평소에 비싸서 먹지도 않는 과일들을 몇 박스나 사놓았다고 엄마가 잔뜩 들뜬 목소리로 말했던 게 기억났다. 엄마는 인사도 없이 집을 나서는 나를 곁눈질로 바라보며 어떤 생각을 했을까.

너무 값싼 숙소는
숙소가 아니었음을

스물셋, 건강하고 겁 없던 나의 여행 스타일은 비싼 데서 배터지게 먹고, 싼 데서 아무렇게나 자는 것이었다. 나는 한 끼에 20만 원을 호가하는 고급 레스토랑에서 배를 채운 후 버스터미널에서 집시들과 잠을 자는 용감하고도 미련한 놈이었다. 왜 이렇게 숙소에 돈 쓰는 게 아까웠는지 하룻밤 숙소비는 20유로 이하여야 한다는, 아무도 강요한 적 없는 나만의 철칙을 무식하게지키며 가장 값싼 남녀 혼숙 10인 도미토리 방이 아니면 검색해볼 생각도 하지 않았다. 어쩌면 그 깡 덕에 고시원, 반지하, 옥탑방을 10년째 전전하면서도 행복을 잃지 않고 살아가는지도 모르겠다.

영국에서 어학연수 중이던 그해, 나는 생일을 맞아 이탈리아와 크로아티아를 2주간 혼자서 여행했다. 히스로 공항에서 비행기를 놓치고, 로마에서 미친놈에게 쫓기고, 베네치아에서 생일이 같은 남자를 만나고, 플리트비체 국립공원에서 길을 잃어 산을 타다가 구조되고, 두브로브니크에서 낚싯대로 갈매기를 잡는 등 대략 200여 가지의 크고 작은 해프닝 끝에 드디어 여행의 마지막 날이 되었다.

크로아티아의 '자다르'라는 도시에서 마지막 날을 보냈는데 엄청난 길치 주제에 혼자서 여행을 해냈다는, 그리고 많은 것을 잃거나 도둑맞았지만 가장 귀중한 목숨만은 건졌다는 뿌듯함이 가슴 깊은 곳에서 밀려와 온종일 감성에 젖었던 기억이 난다. 자다르의 명소인 '바다 오르간'에 앉아 넘실거리는 파도를 바라보며 여행을 마무리하는 일기를 쓰고 있자니 무척이나 행복했고 배가 고팠다. 지갑을 확인해보니 크로아티아 화폐인 쿠나가 꽤 많이 남아 있었다. 이 돈을 어디에 써야 할까. 당연히 먹는 데 써야지!

바다를 향해 테라스가 펼쳐진 한 레스토랑에 자리를 잡았다.

양파 수프와 문어 샐러드, 루콜라가 잔뜩 올라간 화덕 피자와 해산물 파스타를 주문했다. 아름다운 바다를 바라보며 바람이 살랑이는 테라스에 앉아 혼자서 메뉴 네 개를 펼쳐놓고 먹는 기분은 행복이라는 단어로 대신하기에는 한참 부족했다. 여유롭게 네 접시를 싹싹 비운 뒤 근처의 조그마한 커피숍에 들어가 책을 읽으며 따뜻한 커피에 달콤한 케이크를 곁들여 먹었다. 조금 전에 먹은 것들이 뜨거운 커피에 녹아 소화되는 기분이었다. 느긋하게 시간을 보내다가 창밖을 바라보니 어느덧 노을이 지고 있었다. 서둘러 바깥으로 나와 바다 오르간에 앉아 노을을 구경했다. 잔잔한 물결에 반사되었다가 금세 부서지는 금빛 노을이 눈물이 날 만큼 아름다웠고 또다시 배가 고팠다.

주위를 둘러보니 근처 식당의 직원들이 테라스의 장식 초에 불을 붙이고 있었다. 노을 속의 광장은 몇 시간 전과는 완전히 다른 분위기였다. 각국의 연인들이 테라스에 앉아 아름다운 음악에 가볍게 몸을 흔들며 술을 한잔 곁들이고 있었다. 나도 분위기가 좋아 보이는 식당에 자리를 잡고 남은 돈을 모조리 털어 와인 한 병과 스테이크, 해산물 그릴 요리를 주문하여 마지막 만찬을 천천히, 행복하게 즐겼다. 배가 든든해지니 나른함이 몰려왔다. 다음 날 아침 일찍 일어나야 했으므로 아쉬움을 뒤로한 채

예약해둔 싸구려 숙소로 향했다.

낡디낡은 숙소의 얇디얇은 문을 열고 들어가니 반짝거리는 북유럽 청년들 아홉 명이 웃통을 벗은 채로 나를 반겨주었다. 아니, 이렇게까지 완벽한 마무리라고? 이렇게 좋은 방(?)이 아까 먹었던 피자 한 판보다 싸단 말이야? 떨리는 마음을 진정시키며 동화 속 왕자님처럼 생긴 아홉 명의 남자들과 일일이 볼 키스를 했다. 너희들의 몸은 너무 커다래서 이 작고 낡은 침대에 제대로 누울 수 없을 것 같구나! 어깨가 아주 대단하구나! 이런 부끄러움을 상실한 되도 않는 농담들을 술김에 내뱉으며 떠들다 보니 불을 끌 시간이었다. 진한 아쉬움을 있는 대로 티 내며 요정 같은 푸른 눈의 남자들에게 "Good night" 인사를 고하고 내 침대에 올라가 잠을 청했다.

한참을 자다가 이상한 소리에 놀라 눈을 떴다.

뿡.

내 방귀 소리였다.

젠장, 들었을까? 저 아름다운 아홉 요정이 내 방귀 소리를 들었을까? 아니야, 못 들었을 거야. 나는 방귀 소리가 아닌 척하려고 괜히 이불을 부스럭거리고 입으로 바람 빠지는 소리를 냈다. 한참을 뒤척거리다 정신 승리를 하며 다시 잠을 청했다.

얼마나 잤을까.

뿡.

또 내 방귀 소리였다.

소중한 마지막 날을 과식으로 보낸 대가인가. 배 속이 미처 나가지 못한 가스들로 부글거리고 있었다. 그런데 잠깐만, 내가 지금 몇 번째 방귀를 뀌고 있는 거지. 설마 자는 동안 계속 뀐 거 아닐까. 끔찍했다. 아까 요정들이 나에게 건넨 칭찬과 미소가 플래시백으로 눈앞에 펼쳐졌다.

"너 틴에이저 같아."

"어려 보여!"

"귀여워."

내 방귀 소리는 하나도 귀엽지 않은, 크고 시끄럽고 흉한 어른의 것이었다. 쟤들이 자기 나라로 돌아가서 "오, 나 어떤 코리안 때문에 밤새 잠을 못 잤어. 자는 동안 계속 방귀를 뀌더라니까!"라고 말하는 장면들이 눈앞에 선했다.

쟤들에게 좋은 인상을 남기진 못하더라도 '뻑킹 코리안'은 되지 말아야겠다고 생각했다. 방귀를 참으며 밤을 지새울 것인가, 아니면 화장실에 가서 장을 비우고 올 것인가 고민했다. 이 긴 밤을 괄약근을 조절하며 뜬눈으로 지새울 수 있을까? 아니, 나는 또다시 까무룩 잠들 것이고 내 우렁찬 방귀 소리에 놀라 눈을 뜨겠지. 그럴 수는 없었다.

나는 푸른 눈의 요정들이 단잠에서 깨지 않도록 조심하며 2층 침대에서 몸을 일으켰다. 살금살금 침대 위를 기어가 낡은 사다리를 밟으니 쇳소리가 귀를 찢는 총성처럼 울려 평화로운 고요를 헤쳤다.

젠장.

아래층에서 자던 애가 몸을 뒤척였다. 나는 "쏘리, 쏘리"를 소곤대며 급하게 침대에서 뛰어내렸다.

후진 숙소는 화장실도 가관이었다. 녹이 잔뜩 슬어 있는 화장실 쇠문은 여닫을 때마다 기괴한 소음을 냈다. 방과 멀리 떨어져 있기라도 했다면, 아니 차라리 야외에 있었다면 좋았을 텐데 화장실은 방 바로 옆에 붙어 있었다. 당최 이게 무슨 해괴한 배치란 말인가. 변기에 앉아서 지나치게 얇아 보이는 벽을 노려보았다. 방음이라는 단어와 거리가 멀어 보였다. 만약 내가 이곳에서 재채기를 한다면 이 벽 건너편의 누군가가 "Bless you"라고 말해줄 것이 거의 확실했다.

이 얇은 벽 너머에서 아홉 명의 요정들이 곤히 자고 있었다. 나는 요정들의 숙면을 염려하며 조심조심 거사를 치렀다. 새벽

2시였다. 모두 깊이 자느라 아무것도 듣지 못했을 거야. 정신 승리로 불안함을 달래며 화장실 문을 잡아당겼다.

꺄—각.

비명 같은 마찰음이 들렸고 문은…… 열리지 않았다. 어둡고 선명한 불행이 가슴을 짓눌렀다. 기도하는 마음으로 다시 한 번 화장실 문을 잡아당겨보았다.

꺄—각.

머릿속에 물음표가 백여 개 쏟아지다가 거대한 느낌표가 쿵 하고 자리를 잡았다.

시발. 나, 갇혔구나.

문의 아귀를 잘 맞춰보려고 조심스럽게 흔들어보았다. 소음만 날 뿐 열릴 기미가 전혀 보이지 않았다. 그저 후진 숙소라고 생각했는데 화장실 문은 쓸데없이 튼튼하게 만들어놓았구나. 쓴웃음이 나왔다.

땀범벅이 된 채로 5분 정도 혼자서 분투하는데 바깥쪽에서 노크 소리가 들렸다.

"Are you okay?"

같은 방 남자였다. 쪽팔려서 죽고 싶었다. 괴물에게 잡혀 간 공주도 아니고, 똥 싸다가 스스로 갇힌 멍청이를 구하러 온

요정에게 눈을 질끈 감고 속삭였다.

"Help me……."

나와 그는 문을 사이에 두고 어긋난 걸쇠를 어떻게든 맞춰 열어보려 했지만 야속한 문은 그럴수록 더 단단하게 맞물렸다. 요정이 한숨을 쉬더니 절대로 듣고 싶지 않은 말을 했다.

"Hey guys! Wake up!"

할 수만 있다면 변기에 나를 내려 사라지고 싶었다. 내가 아까 그 똥이었다면, 그 똥이 지금의 나라면 얼마나 좋을까. 순식간에 남자들이 화장실 문 앞에 모였다. 우리는 힘을 합쳐 이렇게도 저렇게도 해보고, 나는 나대로 문에게 아까 무시해서 미안하다고 사과도 해보고 하나님께 기도도 해보았지만 문은 단단히 닫혀 열리지 않았다.

자못 심각한 톤으로 웅성대던 남자들이 나에게 뒤로 물러나라고 외쳤다. 서너 걸음 뒷걸음질을 치니 '쾅!' 하는 소리와 함께 문이 열렸다. 남자들 두세 명이 튼튼한 어깨를 부딪쳐 열어준 것이었다. 웃통을 벗은 채로 땀을 뻘뻘 흘리는 그들이 진심으로 기뻐하며 나를 향해 환하게 웃고 있었다.

"Are you okay?"

속으로 대답했다. 아임 낫 오케이.

차라리 나를 놀리며 비웃었으면 나도 함께 호쾌한 척 웃기라도 했을 텐데, 그들은 진심을 담은 눈빛으로 나를 걱정했다. 그중 한 명은 있지도 않은 나의 폐소공포증을 염려하며 그 안에서 두렵지 않았느냐고 물었다. 나는 정말 괜찮다고, 두렵지 않았다고, 진짜라고, 진짜 진짜 괜찮았다고 거듭 말한 후에야 겨우 내 침대로 돌아갈 수 있었다. 나는 침대에 누워 해가 뜰 때까지 잠들지 못하다가 새가 지저귀는 소리가 들리자마자 이불을 박차고 도망치듯 숙소를 빠져나왔다.

이따금 궁금하다. 그들은 나를 어떻게 기억할까. 향기만 남기고 떠나간 묘령의 동양 여인……은 못 되더라도 뻑킹 코리안만은 아니길.

자정에 우리 집에서
축구 볼래요?

가을에게서 전화가 왔다. 나랑 정말 잘 맞을 것 같은 남자가 있는데 만나보지 않겠느냐는 용건이었다. 가을이 거듭 강조한 나랑 정말 잘 맞을 것 같다는 그 남자는 나보다 세 살 많았다. 김씨 성의 이름이 멋졌다. 나는 가을에게 이름을 들은 순간부터 사진도 본 적 없는, 그야말로 이름 세 글자만 간신히 아는 김을 좋아하기 시작했다. 정말 오버가 아니고 얼굴도 모르는 김과 노을 지는 한강을 나란히 걸으며 손을 잡고, 서점에서 서로 좋아하는 책을 추천해주고, 한 이불 안에서 야한 영화를 함께 보는 상상을 했다.

그를 낮 2시에 만나기로 한 토요일, 오전 6시에 눈이 떠졌다. 심장 뛰는 소리가 거슬려서 도저히 더 잘 수가 없었다. 시간은 왜 이렇게 느리게 가는 건지. 박호랑이 간밤에 싸놓은 똥을 치우고, 전날 밤 박과 마신 와인 잔도 설거지하고, 어질러진 책상 위를 정리해도 시계는 겨우 오전 11시를 지나고 있었다. 샤워를 하고, 전날 다려두었던 옷을 한 번 더 다려 입었다. 외출 준비는 진작 끝났는데 그를 만나려면 아직도 한참이나 더 있어야 했다. 결국 참지 못하고 카톡을 보냈다.

안녕하세요. 저는 조금 일쩍 도착할 것 같아요! ㅎㅎ

이내 그에게서 답장이 왔다.

어떡하죠. 저는 30분 정도 늦을 것 같아요. 볼일이 생각보다 길어지네요. 죄송해요ㅠㅠ

그의 카톡을 받고 잔뜩 실망한 나를 안 됐다는 눈빛으로 바라보던 박이 말했다.

"야, 옷 다 구겨졌어."

구겨진 와이셔츠와 슬랙스를 벗었다. 다리미판을 다시 폈는데 진이 빠져서 도무지 옷을 다릴 수가 없었다. 박이 다리미와 옷을 건네받았다. 속옷 차림으로 박의 옆에 웅크리고 앉아서 뜨거운 다리미가 지나갈 때마다 판판하게 펴지는 옷 주름들을 멍한 눈으로 따라 짚으며 땅이 꺼져라 한숨을 쉬었다. 박이 다림질을 멈추고 반나체의 나를 훑더니 한심하다는 표정으로 혀를 차며 말했다.

"제발 에바쎄바 좀 하지 마."

2시 반에 망원역 앞에서 김을 만났다. 지하철 계단을 올라오는 그에게서 정말로 후광이 비쳤다. 우리는 반갑고 어색한 인사를 나눈 후 가까운 카페로 걸음을 옮겼다. 그의 옆에서 걷는 게 설레고 긴장되어서 나는 걷는 내내 발과 같은 쪽 팔을 흔들었던 것 같다.

커피를 마시고, 이른 저녁을 먹고, 한강에서 서로 좋아하는 노래를 번갈아 듣고, 밤 산책을 하고, 맥주도 한잔했더니 벌써 막차 시간이었다. 그와 함께하는 시간이 진짜로 재미있어서 별것 아닌 농담에도 고개를 젖혀가며 많이 웃었다. 나는 김에게 또 만나자고 했다. 그가 언제 보는 게 좋을지를 물어서 나는 휴대전화 달력 어플을 켜 비어 있는 날을 하나하나 짚어주며 말했다.

"저는 이날 쉬고요, 이날도 쉬고. 아, 이날도 쉬어요. 시간 많아요."

김이 말했다.

"저는 이날 일하고, 이날도 일하고. 아, 이날도 바쁘네요."

김이 바쁘지 않은 날은 무려 2주 후였다. 우리는 2주 후 주말에 다시 보기로 하고 헤어졌다.

첫 만남 이후, 나는 김에게 더 빠져버렸는데 김의 반응은 속상할 정도로 미적지근했다. 전화는 당연히 없었고 카톡은 몇 시간 단위로 드문드문 이어졌으며 그마저도 내가 애써 화두를 던지지 않으면 맥없이 끊겼다. 이도 저도 아닌 채로 열흘 정도가 지났을 때 나는 그가 진심으로 보고 싶고 궁금했다. 어떤 핑계로 그를 만날 수 있을까 고민하던 중 마침 다음 날 자정에 있을 월드컵 경기가 생각났다. 나는 김에게 축구 같이 보지 않겠느냐고 물었다. 김이 늦은 시간인데 어디서 봐야 할지 모르겠다고 답장했다. 나는 축구 경기를 틀어주는 술집이 많을 거라고 대답했다. 조금 뒤 김에게서 답장이 왔다.

김: 이슬 씨, 이상하게 생각하지 말고 한번 들어보세요.

벌써 이상했지만 일단 그러겠다고 대답했다.

김: 다음 날 저희 집이 비거든요. 저희 집에서 같이 축구 볼래요?

강: 아니요!

김: 역시 좀 그렇죠? 그럼 주말에 만나요!

강: 네 ㅎㅎㅎㅎ

찝찝함에 얼굴을 잔뜩 찡그린 채로 'ㅎ'을 연타했다. 이게 뭐야? 몇 번이나 만났다고 집에서 축구를 보자는 거야? 그것도 새벽에!

방금 전까지만 해도 우주를 날던 마음이 순식간에 바닥을 쳤다. 야밤에 집에서 축구를 보자고 한 김을 이해해보려고 며칠 동안 노력했는데 결국 이해할 수 없었다. 30대의 연애는 본디 이렇게 파격적인가?

김과 다시 만난 주말. 지하철 계단을 올라오는 그에게서 더는 후광이 보이지 않았다. 그와 함께 보는 영화에도, 산책을 하며 나누는 대화에도 집중할 수가 없었다. 그가 던지는 농담에 웃는 척하다가도, 그와 먹는 케이크를 맛있어하는 척하다가도 "근데 왜 밤에 집에서 축구 보자고 했어요?" 하고 자꾸만 묻고 싶어서 혼났다. 결국 적당한 타이밍을 찾지 못해 아무것도 물어보지 못한 채로 저녁때가 되었다.

우리는 종로에 있는 냉면 맛집에 갔다. 그가 냉면을 막 입에 넣기 전 나는 결국 참지 못하고 물었다.

"그런데, 궁금한 게 있어요."

그가 냉면을 들어 올리던 손을 멈추고 나를 쳐다보았다.

"왜 야밤에 집에서 축구 보자고 했어요?"

김이 당황해서 헛기침을 했다.

"사실 만나기 전까지, 그리고 오늘도 온종일 너무 궁금했거든요. 원래 30대의 연애는 그렇게 좀…… 빠른 건가요?"

그가 먹으려던 냉면을 서둘러 내려놓고 무슨 말을 하려고 입을 뻐끔거렸는데 내 질문들이 먼저 쏟아졌다.

"밤 12시에 집에서 단둘이 축구 보자는 건 같이 자자는 뜻 아니에요?"

김의 작은 눈이 커졌다.

"아니, 그런 뜻은 아니었어요!"

"같이 자려는 게 아니었어요?"

김이 얼른 고개를 끄덕였다. 왠지 묘하게 더 기분이 나빴다.

"물론 같이 자는 건 좀 아닌 것 같다고 생각했지만 그렇다고 축구만 보고 집으로 돌아가는 것도 별로일 것 같은데요."

김이 할 말을 찾느라 정신없이 눈동자를 굴렸다. 그가 다음 말을 찾을 때까지 시간이 좀 걸릴 것 같아서 기다리지 않고 내 할 말을 했다.

"축구 끝나면 새벽 2시인데 '안녕히 계세요' 하고 문 닫고, 도어록 잠금 소리가 들리는 캄캄한 복도에 혼자 서 있으면 너무 현타 올 것 같아요."

그가 조금 생각하더니 대답했다.

"아…… 일단 그렇게 생각하실 줄 몰랐어요. 미안해요. 축구 끝나면 차로 바래다드리려고 했어요. 그리고 사실 제가 얼마 전에 되게 좋은 빔프로젝터를 샀거든요. 그걸로 축구 볼 생각에 며칠 전부터 설레었던 터라. 이유가 어떻든 제가 너무 무례했네요. 정말 미안해요."

듣고 보니 이해 못 할 일도 아니다 싶어서 냉면을 휘적거리며 말했다.

"그러셨구나. 진작 말씀해주시지 그랬어요. 며칠 동안 혼자서 엄청 소설 썼는데."

그가 나를 보고 머쓱하게 웃었다. 그의 대답은 생각보다 명쾌

했지만 그래도 그를 다시 사랑할 것 같지는 않아서 덧붙였다.

"이번 소개팅은 망한 것 같은데, 저는 그쪽이 재미있어서 계속 친하게 지내고 싶어요. 반말해도 돼요?"

그가 약간 당황하며 말했다.

"아, 그래요. 그러자 그럼."

나는 후련해진 마음으로 내 앞에 놓인 냉면을 비볐다. 소스 겉이 조금 말라 있었다. 냉면을 비비는 나를 물끄러미 보던 김이 입을 열었다.

"근데 나는 너랑 잘될 것 같다는 생각을 사실 했거든."

내가 진심으로 놀라서 물었다.

"에? 무슨 소리야? 카톡도 없고 해서 나한테 관심 없는 줄 알았는데."

김이 웃으면서 말했다.

"그땐 그랬는데, 아무튼 오늘 만나보니까 어쩌면 잘될 수도 있겠다는 생각이 들던데. 전에 만났을 때는 뭐랄까. 너무 내 여동생 같았거든."

"여동생?"

"응, 너는 내가 최근에 본 애 중에 제일 밝고 귀여웠는데…… 뭐랄까. 이런 말해도 되나?"

그가 망설이는 표정을 지었다. 나는 그의 입에서 어떤 말이 튀어나올지 가늠도 안 되고 몹시 궁금해서 그를 재촉했다.

"왜! 뭔데, 왜! 내가 귀여웠는데, 뭐?"

"이상하게 생각하지 말고 들어."

김이 얼마나 이상한 말을 할지 기대되었다. 나는 잔뜩 이상해하는 표정을 대놓고 지으며 알겠다고 대답했다. 그가 목덜미를 긁적이며 입을 뗐다.

"성적 긴장감이 없어서."

나는 김의 말이 끝나자마자 으하하하하하 하고 입안에 있는 비빔냉면이 다 보이도록 웃었다. 정말로 우스웠기 때문이다. 내 인생에서 소개팅남이랑 냉면집에서 냉면 먹다가 성적 긴장감이 없다는 이야기를 들을 일이 또 있을까? 멋쩍은 표정으로 앉아 있는 김에게 말했다.

"와, 진짜 재밌다. 아무튼 친하게 지내자. 진짜 웃겨."

냉면을 다 먹는 동안 김과 많은 이야기를 했다. 대화는 역시 즐거웠다. 친구로 지내자고 하길 정말 잘한 것 같았다. 식사를 마치고 커피도 한잔한 후 지하철역에서 헤어졌다. 반대쪽으로 가는 김에게 악수를 청했다. 그가 내 손을 잡았다. 나는 손을 힘차게 흔들며 말했다.

"김! 진짜 즐거웠어. 그리고 내가 엄청 좋아했었다?"

김이 "뭐?" 하고 물었다.

"내가 엄청 좋아했어. 한 3주 동안! 지금은 아니고!"

김이 얼빠진 표정으로 그런 이야기를 굳이 왜 하냐고 물었다.

"상대방도 알면 기분 좋잖아. 누가 자기 좋아했다는데. 아무튼 조심히 들어가. 연락해!"

김과 헤어지고 세상 가벼운 마음으로 동네 친구 찬열을 만났다. 물회에 소주를 한잔 걸치며 오늘 김과 있었던 일을 신나게 떠들었다. 잠자코 듣던 찬열이 '성적 긴장감' 대목에서 경악하는 표정으로 물었다.

"야, 기분 안 나쁘냐?"

나는 의아해하며 말했다.

"기분이 왜 나빠? 너무 재밌는데?"

"야, 이슬아…….."

"야, 근데 성적 긴장감은 어떻게 해야 생기는 거냐? 내가 김 앞에서 밸리 댄스라도 막 췄어야 했냐?"

찬열이 한숨을 쉬면서 말했다.

"이슬아…… 너에게 성적 긴장감이란 밸리 댄스니?"

확실히 그건 아닌 것 같다고 생각하면서 물회 한 젓가락에 소주 한 잔을 털어 마셨다. 술이 달았다.

바나나우유를
가장 맛있게 먹는 방법

　금요일 밤인데 박이 집에 있었다. 편한 잠옷 차림으로 머리를 질끈 묶은 채 못생긴 뿔테 안경을 쓰고 TV를 보고 있는 박의 모습이 익숙하고도 뜻밖이어서 반가웠다. 나는 금요일마다 있는 녹화 때문에 다음 날이 되어서야 집으로 돌아오고, 박은 익산에 있는 애인을 만나러 퇴근 후 지방으로 내려가기 때문이다. 목요일 저녁 거실에서 헤어져 각자의 주말을 보내고 사흘 만인 월요일에 현관에서 만나 반가워한 지가 꽤 되었다.

　퇴근 후 지친 표정으로 〈고등 래퍼〉를 보고 있는 박에게 맥주

한잔할까 물어보았다. 박은 "그럴까?" 하며 소파에서 등을 떼다가 이내 너무 피곤하다며 다시 소파 속으로 푹 꺼졌다. 사실 나도 열두 시간짜리 녹화를 마치고 온 터라 굉장히 피곤한 상태였기 때문에 박의 거절에 내심 안도했다. 그래도 오랜만에 함께하는 박과의 금요일 밤을 이대로 흘려보내기는 아쉬웠다. 나는 박에게 목욕탕에 가자고 말했다. 박의 눈이 반짝였다. 박이 학창 시절 매주 목욕탕에 가던 목간 마니아였음을 나는 잘 알고 있다. 박이 "그런데 너무 피곤해"라고 말하자마자 나는 목욕탕에 가면 얼마나 좋을지 상당히 구체적으로 늘어놓기 시작했다.

"있잖아, 절절 끓는 온탕에 몸을 푹 담그는 거야. 그럼 온갖 피로가 다 풀릴걸. 따뜻한 물에 발끝부터 어깨까지 푹 담그면 숨이 잘 안 쉬어지는 묵직한 기분 너무 좋지 않아? 오랜만에 묵은 때도 밀자. 내가 등 밀어줄게. 알지? 등 밀어줄 때 그 시원함. 그리고 목욕 마치고 집에 오는 길에 겁나 차가운 바나나우유에 빨대 탁 꽂아서. 알지? 뭔지 알지?"

애를 꼬시기 위해 할 말이 더 많았는데 박은 내 말이 끝나기도 전에 "아홍~ 좋겠다" 하며 방으로 들어가 주섬주섬 속옷을 챙기기 시작했다. 우리는 목욕 가방에 함께 쓰는 샴푸와 린스와 바디 워시를 챙기고 따로 쓰는 칫솔도 그냥 한곳에 넣어 집을 나섰다. 바람이 많이 차지도 않고 딱 좋았다. 목욕을 마친 후 약간 젖은 머리를 풀어 흔들며 집으로 돌아오는 길이 상상되어 이미 발걸음이 가벼웠다.

새벽 1시 즈음의 여탕엔 우리 둘뿐이었다. 탕과 가장 가까운 자리에 짐을 풀고 플라스틱 의자를 가져와 비누로 깨끗이 닦기 시작했다. 박은 그런 나를 보며 자신의 할머니 같다고 놀렸다. 나는 '여러 사람이 앉았기도 했고, 혹시라도 똥을 제대로 닦지 않은 사람이 앉았을지도 모르는 일이기 때문에 의자를 깨끗이 닦아야 한다'고 엄마한테 들은 대로 박에게 설명했다. 우리는 맨몸으로 나란히 앉아 각자의 방식대로 몸을 헹구었다. 거울에 비친 나랑 애의 맨몸이 하나도 부끄럽지 않아서 새삼 묘했다. 내가 다른 인간 곁에서 맨몸인 채로 이토록 긴장감 없이 풀어져 있는 게 얼마 만이더라.

각자 다른 방식으로 비슷한 시간 동안 몸을 헹구고 적당히 뜨거운 온탕에 몸을 담갔다. 박과 나의 입에서 거의 동시에 "아흐 으~ 좋오타!" 하는 소리가 나왔다. 온몸을 감싸는 따뜻한 물을 잠시 말없이 즐기던 중에 온탕 이름이 눈에 꽂혔다.

자수정 열탕, 천연 옥 온탕, 비취 이벤트탕.

비취…… 이벤트탕?

"박, 저것 봐. 좀 굉장하게 야하지 않아? 비취 이벤트탕이래."

"와…… 개야해."

아무도 없는 빈 목욕탕이었지만 우리는 잔뜩 목소리를 낮추고 소곤거리고 있었다. 박과 나의 목소리가 목욕탕 전체에 크게 울리는 것이 우리가 맨몸이라는 사실보다 훨씬 부끄러웠기 때문이다.

우리는 온탕에 앉아 요즘 내가 살짝 좋아하게 된 남자 이야기를 했다. '나를 좋아하지 않는' 내가 좋아하는 애 이야기를 하다 보니 억울했다. 왜 사람의 마음은 이렇게나 통하지 않는 건가. 이 세상의 모든 연인은, 그리고 박은! 도대체 어떻게 좋아하는 마음이 서로 통해 키스하는 사이가 되었는가! 내 이야기를 잠자코 듣던 박은 내가 사람을 너무 쉽게 좋아하는 게 문제라고 했다. 맞는 말이었다. 나는 이젠 그러지 말아야겠다는 빈말을 했다.

이런저런 이야기를 하며 온탕에서 시간을 보내다 보니 뜨거운 물이 답답해져서 사우나실에 들어가 보기로 했다. 함께 온 어른들이 사우나 하는 것을 냉탕에서 기다려본 적은 있지만 직접 해본 적은 둘 다 한 번도 없었다. 사우나실에 들어가는 것은 뭔지는 모르겠지만 아무튼 어떤 용기를 필요로 하는 일이었다. 박과 나는 어릴 적 우리를 목욕탕에 데려온 어른들이 했던 것처럼 작은 바가지에 찬물을 가득 받아 사우나실에 들어갔다.

사우나실의 맨바닥에 엉덩이를 붙이고 앉아서 어떤 효과를 기다렸다. 우리가 모르는 어떤 효과적인 효과 때문에 어른들이 30분이 넘도록 이 숨 막히는 공간에 자발적으로 갇혀 있는 것이리라. 우리는 나란히 쪼그려 앉아서 도대체 어른들이 왜 이 덥고 어둡고 목마른 곳에 죽치고 앉아 있는 것인지 궁금하다는 이야기만 5분 내내 했다. 결국 타는 갈증 외에 아무것도 느끼지 못하고 사우나실에서 도망치듯 빠져나왔다. 사우나를 즐기는 것은 적어도 열 살은 더 먹어야지 가능할 것 같았다.

사우나엔 실패했지만 마침 때를 밀기에 알맞게 몸이 불어서 수건으로 머리를 싸매고 때를 밀기 시작했다. 손이 잘 닿지 않는 등은 박이 밀어주었다. 박의 야무진 손끝이 닿는 곳마다 너무 시원하고 좋아서 이상한 신음이 자꾸 튀어나왔다. 박은 때를 밀다 말고 내 등을 탁 치며 제발 입 좀 다물라고 말했다.

"어우, 누가 내 몸을 이렇게 구석구석 만져주는 게 진짜 오랜만이라서 그래."

박이 내 때보다 기분이 더 더럽다며 때수건을 손에서 빼려고 했다. 나는 입을 다물겠다고 얼른 약속했다. 박은 분명히 때 미는 데 소질이 있었다. 마침 이직하고 싶다던 박의 말이 생각나서 세신사를 해보는 것은 어떻겠느냐고 물었다. 박은 잘할 수 있지만 체력이 안 받쳐줘서 하루에 한 명의 때밖에 못 밀 것 같다고 대답했다. 확실히 박의 체력은 목욕탕 아주머니들을 모두 만족시키기엔 한참 부족하다.

박에게 등을 맡기고 있자니 어릴 적 엄마랑 목욕탕에 왔던 기억이 났다.

"나 어릴 때 엄마랑 목욕탕 가면 맨날 울었잖아."

"왜?"

"엄마가 때 미는 게 너무 아파서 엄청 울면서 발버둥 쳤어. 그럼 엄마가 오버하지 말라고 내 등을 물 묻은 손으로 짝짝 때리는 거야. 서러운 눈물을 삼키며 고통 같은 시간을 버텼다."

"그때나 지금이나 너는 오버가 장난 아니구나."

"아니야, 목욕 끝나고 나면 보디로션을 못 발랐어. 너무 따가워서. 진짜 피가 맺혀 있었다니까."

"와, 진짜?"

"특히 오금 밀 때가 가장 싫었는데. 엎드려뻗쳐 자세로 있어야 했거든"

"미친."

"엎드려뻗쳐 자세로 있으면 엄마가 본격적으로 오금에 있는 때를 빡빡 밀어. 그러면 무릎이 턱턱 접히잖아. 그럼 또 궁뎅이를 때려. 다리 딱 펴고 버티라고. 완전 아동 학대 아니냐?"

"개웃겨."

한참 씻다가 시계를 보니 어느새 2시 반이었다. 놀란 박이 말했다.

"대충 하고 가자."

"대충 하고 가자고 하기엔 한 시간 반이나 있었는데?"

미처 다 말리지 못한 머리를 풀어 흔들며 바깥으로 나왔다. 기분 좋은 노곤함이 몰려왔다. 집으로 가는 길에 편의점에 들러 단지형 바나나우유를 두 개 샀다. 어째서 목욕을 마친 후에 마시는 바나나우유는 이렇게 꽉 차게 달콤한 걸까. 빨대를 꽂는 박의 손끝이 쪼글쪼글해져 있었다. 나의 손도 마찬가지였다. 빨대를 쪽쪽 빨며 말했다.

"아, 너무 좋다. 이 노란 바나나우유가 쪼글쪼글한 손끝을 탱탱하게 채워주는 기분이야."

"뭐야, 너. 개오글거려. 요즘 글 쓴다고 그래? 하지 마."

나는 들켰다 싶어 민망해져서 얼른 덧붙였다.

"아니, 기분 개오진다고."

황도 한 캔의
무게

술에 취한 아빠는 우리 집의 가장 춥고 작은 옷방에 들어가 문을 걸어 잠그고 열흘 밤이 넘도록 소리 없이 울었다. 아침이 되면 옷방에서 나와 아직 잠에 매여 있는 부스스한 딸과 아내의 볼에 아무렇지 않은 얼굴로 입을 맞춰주었다. 그리고 평소처럼 거실 한구석에서 딸들의 교복을 다렸다. 아빠는 엄마와 나와 동생 앞에서 괜찮은 척했고, 우리는 아빠의 괜찮은 척을 믿는 척했다. 그러나 실은, 열 번이 넘는 밤 동안 아빠가 숨어든 옷방에서 아빠의 울음소리가 비어 나올까 봐 나는 두려웠다. 그때는 아빠를 유약하게 하는 슬픔을 위로할 방법을 몰랐다.

큰아버지는 아빠가 자신의 아빠보다 사랑한 가족이었으며, 존경하는 롤모델이었고, 언제든 기댈 수 있는 안식처였다. 아빠는 배우처럼 준수한 외모에 고상한 성품까지 갖춘 큰아버지를 늘 닮고 싶어 했다. 살면서 큰아버지가 화내거나 울거나 절망하는 모습을 단 한 번도 본 적이 없다고 했다. 그는 실제로 조카들의 버릇없는 장난에도 화 한 번 내지 않고 그저 허허 웃으며 넘어가는 잔잔한 마음을 가진 사람이었다.

부자지간처럼 꼭 닮은 아빠와 큰아버지는 둘도 없는 술친구이기도 했다. 그날도 그들은 매주 가던 단골 술집에서 늘 앉던 자리에 앉아 늘 먹던 안주를 주문했다. 술과 안주가 나왔을 때 큰아버지는 평소처럼 허허 웃으며 췌장암에 걸렸다고 말했다. 불과 얼마 전, 위암 완치 소식을 허허 웃으며 전하던 사람이었다. 큰아버지는 웃고 있었는데 맞은편의 아빠는 웃질 못했다. 둘은 그래도 평소처럼 500cc 맥주잔을 부딪쳐 건배했다.

큰아버지는 췌장암 소식만큼이나 갑작스럽게 상태가 나빠졌다. 우리는 하루가 다르게 말라가는 그에게서 빠르게 빠져나가는 생명의 질량을 실감했다. 내가 알던 큰아버지의 모습은 거의 남아 있지 않았다. 췌장암 소식을 들은 지 겨우 한 달 만이었다.

큰아버지는 아빠를 볼 때마다 고목의 잔가지처럼 마르고 검은 손으로 아빠의 손을 붙잡고 살고 싶다고 말했다. 꼭 살아서 아들딸 장가, 시집가는 모습을 보고 싶다고 했다. 그게 욕심이라면 딱 2년만 더 살아서 자식들이 학교를 졸업하는 것까지만 두 눈으로 보고 미련 없이 눈을 감겠다고 했다. 아빠는 그럴 때마다 큰아버지의 건조하고 마른 손 위에 자신의 두툼하고 따뜻한 손을 포개고 희망을 잃지 말자고 했다.

이렇다 할 차도 없이 괴롭기만 한 병원 치료를 견디다 못한 큰아버지는 집으로 돌아가 요양을 하겠다고 말했다. 집에 가서 좋은 음식을 먹고 가족들과 행복하게 지내다 보면 다시 살아날 수 있을 것 같다고 했다. 담당 의사는 몸에 붙인 온갖 장치들을 정리하고 그를 집으로 돌려보냈다.

집으로 돌아간 큰아버지는 거짓말처럼 호전되기 시작했다. 그를 아는 모두가 감히 기적이라는 단어를 써가면서 삶을 향한 열망이 병마의 기세를 꺾은 것이라고 입을 모아 말했다. 죽 한 모금도 제대로 못 넘기던 큰아버지는 당신 집에서 요양하는 동안 큰어머니가 고아준 사골국에 밥 한 그릇을 뚝딱 말아 먹을 정도가 되었다. 그는 제2의 인생을 얻은 기분이라며 병원에 있을 때보다 밝아진 얼굴로 허허 웃었다. 희망이라는 추상적인 것이 그의 눈에서만큼은 또렷한 실체로서 일렁이고 있었다.

얼마 뒤, 큰아버지는 미처 다 소화하지 못한 사골국을 온몸에 묻히고 앰뷸런스에 실려 병원으로 돌아왔다. 의사는 큰아버지가 소화 기능을 완전히 상실했다고 진단했다. 불과 어제까지만 해도 사골국을 뚝딱 비웠던 그는 이제는 물조차 마음대로 마실 수 없었다. 병상에 '절대 금식' 팻말이 걸렸다. 그의 눈에서 희망이 사라졌고 그 깊고 허한 자리는 절망과 열망이 복잡하게 섞인 어떤 것이 차지했다. 병원에 다시 실려 온 큰아버지는 깨어 있는 시간보다 죽음과 닮은 잠에 빠져 있는 시간이 더 많았다. 그래도 깊은 잠에서 깨어 눈을 뜰 때마다 살겠노라고, 꼭 살아나겠노라고 힘주어 또박또박 말했다.

아빠가 그를 간호하던 밤, 잠에서 깬 큰아버지는 병실이 답답하다고 했다. 아빠는 한때 자신보다 무거웠던, 그러나 이제는 50킬로도 나가지 않는 형을 휠체어에 태우고 1층 로비로 갔다. 병원 로비를 아주 느린 걸음으로 몇 바퀴쯤 돌았을 때, 큰아버지는 병원 매점에 데려가달라고 말했다. 아빠가 곤란한 듯 웃자 그는 구경만 하겠다며 장난스럽게 말했다. 아빠는 속상하리만치 가벼운 휠체어에 괜히 힘을 실어 천천히 밀었다. 작은 매점을 한 바퀴 다 돌고 나가려는데 큰아버지가 말했다.

"태진아. 나 저거 하나만 사줘라."

큰아버지가 흔들리는 손가락으로 가리킨 것은 900원짜리 황도 통조림이었다. 아빠는 울컥한 마음을 애써 감추고 나가자고 말했다. 큰아버지는 다급하게 말했다.

"저걸 먹으면 살 수 있을 것 같아. 국물만 마실게. 저거 한 모금이면 정말 살 수 있을 것 같아서 그래."

아빠는 떨리는 목소리를 들킬까 봐 아무 말도 하지 않고 큰아버지의 휠체어를 뒤로 돌렸다. 큰아버지는 휠체어에 실려가며 그 힘없는 몸으로 화내고 울고 절망하며 제발 황도 한 캔만 사달라고 외쳤다. 태어나서 처음 보는 형의 모습이었다. 아빠는 그토록 잔인하고 지독한 현실이 억울하고 참담해서 당장 주저앉아 형을 끌어안고 함께 엉엉 울고 싶은 심경이었다. 그깟 900원짜리 황도 한 캔이 뭐라고, 그게 뭐라고. 그토록 강직했던 형이 황도 한 캔에 이렇게 울부짖고 있었다.

"태진아, 제발 황도 한 캔만 사줘라."

텅 빈 새벽의 병원 로비에서 메아리치는 큰아버지의 갈라진 목소리가 아빠의 귀와 가슴을 아프게 헤집었다. 같은 날 새벽, 큰아버지는 돌아가셨다. 큰아버지의 장례식장에서 가장 크고 서럽게 운 사람은 우리 아빠였다. 눈 딱 감고 황도 한 캔을 쥐여줬더라면 큰형은 정말 부활했을까 하는, 이제는 소용없는 후회와 미련이 아빠를 더 비참한 모습으로 울게 했다. 아빠의 울음소리에 다른 이들의 흐느낌이 묻혔다.

프로
고백러

어제, 지킬 수 없을 것 같은 약속을 했다. 사실 그제도, 엊그제도 했다. 그래도 어제는 손가락까지 걸었으니 조금 더 본격적으로 한 약속이라고 볼 수 있겠다. 나는 어제 내가 좋아하는 남자애의 새끼손가락을 걸고 내일부터는 너를 진짜로 안 좋아하겠다고 세상 씩씩하게 말했다. 그 약속을 지켜야 하는데, 지키고 싶은데.

오늘 아침, 눈을 뜨자마자 나를 맞은 건 갈증과 그 애 생각이었다. 그래서 나는 냉수를 들이켜며 그 애를 생각했다. 찬물을 꿀

197

떡꿀떡 넘기며 어떻게 해야 걔를 안 좋아할 수 있을지 생각했다. 갈증이 가시고 나서도 나는 한참이나 그 애가 좋다고 생각했다.

사실, 고백하자면 나는 고백쟁이다. 미안해, 사랑해, 좋아해, 그건 불편할 것 같아, 그거 내가 그랬어. 이런 말들을 참 잘한다. 능력이라면 능력이고 약점이라면 약점이다.

내가 어쩌다가 프로 고백러의 삶을 살게 됐느냐 하면 그냥 마음을 못 숨기기 때문이다. 그중에서도 특히 좋아하는 마음을 감추는 것이 제일 어렵다. 그게 너무 어려워서 며칠 전, 결국! 좋아하는 마음을 참지 못하고! 좋아하는 애한테 내가 너를 좋아하고 있다고 고백하고 말았다. 아주 말도 안 되는 분위기에서 갑자기 튀어나왔다. 내 고백 직후에 그 애도 나도 그냥 웃어버렸다. 그 정도로 어이없는 타이밍이었다.

어쨌거나, 보통 고백을 하고 나면 마음이 가벼워지던데 이번엔 좀 다르다. 마음이 많이 복잡하다. '말하지 말걸' 하는 후회와 '그래도 하길 잘했어' 하는 생각이 하루에 천 번도 넘게 번갈아 가며 머릿속을 어지럽힌다. 이미 엎질러진 고백이라 어쩔 수 없다는 것을 알면서도 고백하지 않았을 때의 경우의 수들을 필요 이상으로 골똘히 생각하느라 빵점짜리 시간들을 보낸다.

그래, 생각하면 생각할수록 고백하지 않는 편이 더 나을 뻔했다. 내 뜬금없는 고백 이후로 그 애가 나를 피하거나 우리 사이가 어색해진 것은 다행히 아닌데 그보다 더 곤란한, 전혀 예상치 못한 문제가 발생했기 때문이다. 좋아한다고 고백해버리고 나니 개가 전보다 훨씬 많이 좋아져버렸다.

나는 요즘 온통 그 애 생각에 잠겨 있느라 아주 멍청해졌다. 내려야 할 버스 정류장을 몇 개나 지나치고, 방금 닦은 이를 세수한 뒤 또 닦고, 빨래통 대신 쓰레기통에 옷을 넣고, 글을 쓰다가 '생각한다'라고 적어야 할 부분을 '좋아한다'라고 잘못 적고는 부끄러워서 소리를 악 지르는 매 분 매 초를 보낸다. 그 애 때문에 내 생활이 아주 엉망진창이다. 아니지, 내가 만든 진창에 빠져 이렇게 엉망인 요즘을 보낸다.

그 애를 처음 만났을 때는 얼굴이 조금 못생긴 편이라고 생각했는데 고백하고 나니까 갑자기 왜 이렇게 잘나 보이는지, 웃는 얼굴은 좀 많이 귀엽고, 손가락도 다섯 개나 달린 것이 문득 심쿵적이고, 내 것보다 훨씬 큰 발도 듬직하고, 눈동자는 갈색이고, 까슬까슬한 머리카락도 한 번만 쓰다듬어보고 싶고, 또…… 하여튼 그냥 구석구석 다 멋지다.

어쩌다가 그 애를 좋아하게 되었나. 같이 대화하는 것이 즐겁고 취향이 비슷해서 조금 호감을 가진 것뿐이었는데 어느 순간 정신을 차려보니 개 얼굴을 똑바로 마주 보고 "나는 너 좋아해" 하고 말하고 있었다. 거기서 끝냈으면 좋았을 텐데, 나 안 좋다는 그 애의 대답을 듣고는 너는 왜 나를 안 좋아하는 거냐고 굳이 물어보기까지 했다. 으악! 최악이다.

그날 이후로 며칠 동안 내 머리를 스스로 때려가며 "어휴, 멍청아. 똥 대가리야!"라고 욕하고 다시는 그러지 말자 다짐도 수만 번 했는데, 다 부질없었다. 나라는 놈은 원체 표정도 감정도 못 숨기는 멍청이라서 그 애 앞에만 가면 에라 모르겠다는 심정으로 대놓고 개를 좋아하고 만다. 얼굴만 보면 자꾸만 실실 웃음이 새어 나오고 너 귀여워, 예쁘다, 좋다 이런 말들이 팝콘 튀겨지듯 예고도 없이 튀어나와서 그 애도 놀라고 나는 더 놀란다.

사람 마음이 웬만해서는 잘 통하지 않는다는 것쯤 잘 알고 있다고 생각했는데 이게 내 일이 되니까 정말로 속상하다. '너는 왜 내 마음을 모르냐!'보다 더 속상한 경우는 없을 거라고 생각했는데 그보다 훨씬 속상한 '너는 내 마음을 알면서도 그러냐!'가 있었다. 내 마음을 알면서도 저러는 쟤를 생각하면 무지하게 속상하고 이제는 그것을 넘어 빡칠 지경이다. "너는 내 마음을 알면서도 어쩜 그러냐!" 하고 면전에 대고 물어보고 싶다. 가능하면 그 애의 양 볼을 꽉 꼬집으면서 물어보고 싶다. 아, 안 된다. 그러면 나는 걔 눈을 똑바로 쳐다보고 "너는 내 마음을 알면서도 어쩜 이렇게 귀엽냐!"라고 힘주어 잘못 말하고 말 것이다.

사랑을 하면 세상이 밝게 빛나고 귓가에 종소리가 울린다던데 그건 너랑 내가 주고받는 사랑일 경우의 이야기고, 짝사랑일 때는 이게 또 굉장히 다르다. 세상은 어둡고 내가 좋아하는 그 애한테만 핀 조명이 아주 짓궂게 다이렉트로 내리쬔다. 그 애를 제외한 주변은 캄캄보다 더 캄캄해서 나는 걔를 북극성처럼 두고 자꾸만 방향을 잃는 기분이다. 황홀하고 찬란한 종소리는 무슨, 시계 초침 비슷한 소리만 귓가에서 째깍대서 시도, 때도, 이유도 없이 초조한 기분이다.

한숨을 푹푹 쉬면서 시간을 되돌리고 싶다고 자주 생각한다. 그렇지만 만에 하나 시간을 되돌리더라도 상황이 나아질 것 같지는 않다. 더 끔찍하고 부끄러운 방법으로 고백했으면 했지 고백을 안 할 위인이 못 된다는 걸 누구보다 내가 제일 잘 안다.

눈물도 잘 참고 추위도 더위도 잘 견디는데 왜 이렇게 웃음이랑 사랑하는 마음은 못 참는 걸까. 아니, 그보다 왜 때로는 사랑하는 마음을 참아야만 하는 걸까? 사랑하는 마음을 잘 참는 사람들을 찾아가서 따지고 싶다. 당신들이 사랑하는 마음을 잘 참으니까 나처럼 못 참는 사람이 멍청이가 된 기분이잖아요!

써야 할 글이 너무 많지만 쓰고 싶은 것은 온통 그 애 이야기 뿐이라서 며칠을 참고 참으며 똥 글만 벅벅 쓰다가 이제는 진짜로 정말로 참을 수가 없어서 기어이 이렇게 써버리고 말았다. 세상에, 큰일이다. 나는 마음으로, 말로, 심지어 글로도 그 애를 좋아한다고 해버려서 이제는 더 좋아해버리고 말 것 같다. 정말로 큰일이 난 것이다.

제목
없음

엄마는 어린 나를 옆구리에 끼고 몇 시간이고 책을 읽어주었다. 나는 엄마가 읽어주는 글자들을 눈으로 따라 짚었다. 한글을 따로 배우지 않고도 글을 깨우칠 만큼 말도 안 되게 많은 양의 글자를 엄마는 소리 내어 읽어주었다. 엄마의 도움 없이 스스로 책을 읽게 되었을 즈음엔 사시라서 왕따를 당했다. 짓궂게 놀리는 친구들이 무서워서 자의 반 타의 반으로 구석에 숨어 온종일 책을 읽거나 읽는 척했다. 그러다가 지치면 스케치북 위에 크레파스로 동시를 썼다. 아주 하찮고 엉망이고 조금 귀여운 단어

덩어리들을 우리 엄마는 야단법석으로 칭찬해주었다. 그때 나는 동시를 쓰는 작가가 되고 싶었다. 아주 잘할 수 있을 것 같았다.

초등학교 4학년 때, 아빠가 회사 도서관에서 베르나르 베르베르의 《개미》를 빌려다 주었다. 다섯 권짜리 장편소설을 며칠 동안 밤새워가며 읽었다. 와…… 소설을 써야겠다고 생각했다. 막연하게 소설가를 꿈꾸며 고등학생이 되었다. 글 쓰는 법을 배워본 적은 없지만 쓰고 싶은 것은 많았으므로 나는 공책 위에 샤프로 눌러 쓴 소설을 친구들에게 연재했다. 재미있다는 칭찬은 아주 가끔 들었고 다음 편을 독촉하는 쪽지는 꽤 자주 받았다. 문제는 지구력이었다. 다음 편을 예고하며 나름의 클라이맥스에서 중단한 소설들은 늘 완결을 보지 못했다.

그러다가 국어 선생님의 권유로 수필을 쓰기 시작했다. 내가 하고 싶은 이야기를 A4용지 세 장 정도에 완결하는 매력적인 글쓰기였다. 선생님과 진학 상담을 할 때 수필 작가가 되고 싶으므로 문예창작과에 지원하겠다고 말했다. 가난하게 살고 싶으냐는 질문이 돌아왔다. 가난은 두 음절만으로도 오싹한 것이었다. 그러고 싶지 않아서 취직이 잘될 것 같은 경영학과에 진학했다.

대학에 들어와 회계원리와 마케팅과 인적자원관리를 배우면서도 여전히 뭔가를 끄적이고 싶었다. 좋은 곳에 취업해 돈도 잘 벌고 싶었다. 카피라이터가 되어야겠다고 생각했다. 대학교 4학년, 취업을 목전에 둔 카피라이터 지망생으로서 열심히 토익 공부를 하던 어느 날 고등학교 동창에게서 연락이 왔다. 뜬금없이 〈SNL〉 작가 공채에 지원해보라고 했다. TV를 보는데 작가 모집 공고가 떠서 내 생각이 났단다. 네이버 창을 켜서 공고를 검색해보았다. 이틀 뒤가 마감이었다. 한 번도 써본 적 없어서 엉성하기 짝이 없는 콩트 대본 몇 편을 발송했다.

600명인가 700명이 지원했다는데 어째서인지 내 콩트가 서류 전형에서 붙어버렸다. 어리둥절한 마음으로 상암동에 가서 면접을 봤다. 그날, 내일부터 출근하라는 연락을 받았다. 그렇게 〈SNL〉 작가 일을 하는 3년 동안 원 없이 새로운 이야기들을 만들며 웃었다. 결국 작가가 되어버렸기 때문인지 나는 고등학교 선생님의 말대로 가난했다. 쌀이 떨어지고 전기세가 밀릴 정도로 가난했지만 대신 죽도록 웃으며 일했다. 세상에서 가장 재미있는 지옥이었다.

〈SNL〉에서 3년 정도 일하다가 tvN의 신규 프로 〈인생술집〉으로 팀을 옮겼다. 같이 일하는 동료들도, 방송 일도 좋았지만 내 경험과 이야기를 배제한 채 타인의 스토리를 글로 옮기는 삶이 이따금 답답하고 지루했다. 처음 본 사람에게 나를 소개할 때마다 필연 붙는 '작가' 타이틀을 버겁다고 느끼는 날들이 많아졌다. 그맘때쯤 5년 동안 사귄 남자 친구와 헤어졌고, 여전히 가난했으며, 나를 즐겁게 하는 일이 없었고, 그래서 종종 바닥보다 더 아래로 침잠했다. 이 답답한 속을 깨끗하게 비우고 싶었지만 입으로 다 털어내면 혀가 빠지고야 말 것 같았다. 누구를 붙잡고 하소연하자니 어디서부터 어디까지 이야기해야 할지 시작점을 찾는 것부터가 아득했다. 그래서 차라리 넋을 놓고 있는 시간들이 잦아졌다.

넋을 놓는 것조차 피로해지자 집착적으로 책을 읽었다. 엄마가 어린 나에게 해줬듯 소리를 내어가며 글자를 읽는 날이 많아졌다. 중요한 막대기가 모조리 제거된 최후의 젠가처럼 위태로웠던 내 옆구리에 채워 넣을 것들이 필요했다. 그래서 사방에 값싸게 널려 있는 활자들을 끼워 넣었다. 다섯 살의 왕따가 숨어들었던 피난처가 스물일곱에도 오롯하여 안도했다. 스케치북 위에 크레파스로 알록달록한 동시를 쓰는 대신 노트북을 펼쳐 흑백의 내 이야기를 썼다. 피와 땀과 눈물로는 키보드를 두드릴 수 없어서 열 손가락으로 글을 썼다. 속에서 곪아가던 이야기들을 세 장짜리 A4용지에 뱉어내니 후련했다. 아무도 읽어주지 않을 것 같은 글들을 아무도 읽지 않기를 바라며 썼다. 때문에 각기 다른 마음으로 쓴 대부분의 글은 '제목 없음'이라는 똑같은 제목을 가지고 이름도 없는 폴더에 버려지듯 저장되었다.

조급하거나 불안해지는 날이면 노트북을 켜고 한글 프로그램의 흰 화면에 걸러지지 않은 글자들을 쏟아내었다. 내 안에 들어찬 욕심과 수치 들을 날것의 글자들로 까붙어 엎어낼 때도 있었고, 행복의 순간들을 수를 놓듯 가다듬어 쓸 때도 있었다. 스스로도 보기에 부끄러운 글들이 많았지만 괜찮았다. 그보다 부끄러운 일들은 앞으로 살면서 훨씬 많을 것이므로. 때로는 우스운 글을, 때로는 욕이 가득한 글을, 때로는 미래를, 때로는 과거를 A4용지 세 장만큼 썼다. 쓰고 난 뒤엔 딱 A4용지 세 장만큼 회복되어 조금 튼튼해지는 기분이 들었다.

징그럽게 맛있는
먹물새우깡

어렸을 적, 몇 년 동안 할머니 손에 컸다. 맞벌이하는 부모님이 출근길에 나를 할머니 집에 맡겨놓고 퇴근길에 찾으러 오는 식이었다. 엄마 아빠가 식성 좋은 두 딸을 먹여 살리기 위해 일터에서 진땀을 빼는 동안 나는 할머니의 진땀을 뺐다.

그때 할머니는 분명 나를 별로 예뻐하지 않았다. 워낙 말짓*도 많이 했고 영악했기 때문이다. 할머니는 순한 데다가 고추까

---

* '하지 말아야 할 못된 짓'을 이르는 전라도 사투리.

지 떡하니 달고 나온 사촌 남동생을 무지하게 예뻐했다. 명절날 할머니가 사촌 남동생을 무릎에 앉히고 콩알만 한 고추를 조물 조물거리며 흐뭇해하면 나는 사촌 남동생을 거칠게 밀어내고 할머니 무릎에 앉아 없는 고추를 만지라며 떼썼다. 사촌 남동생이 오줌이 마렵다고 말하면 나는 재빠르게 화장실로 뛰어 들어가 문을 걸어 잠그고 똥 눈다며 나오질 않았다. 외할머니 말고 친할머니 보고 싶다고 악다구니를 쓰며 바닥에 누워 구른 적도 허다하다. 이러니 할머니가 나를 미워할 수밖에.

아빠가 출근길에 나를 맡기고 간 날, 버림받은 고아처럼 울며 맨발로 아빠 차를 뒤쫓아 갔다. 적토마처럼 달리지 못해 아빠 차를 놓쳐버린 나는 흙먼지 속에 주저앉아 아이고 아이고 땅을 치며 한참을 울었다. 매일 아침 벌어지는 익숙한 광경이라 할머니는 대문 밖으로 나와보지도 않고 밥 먹으라고 내 이름을 불렀다. 씩씩대며 집으로 들어가서 아침밥을 거부하고 이불속에 파묻혀 울다가 잠이 들었다. 한참을 자고 일어나니 배가 고팠다. 눈에 보이는 사탕같이 생긴 쥐약을 주워 먹으려다 고구마가 먹고 싶어서 할머니를 찾았다.

"할머니, 배고파요!"

집 안이 조용했다.

할머니를 찾으려고 화장실 문을 열어보고, 개밥을 주나 싶어 뒷마당 개집도 들여다보고, 아랫집에도 내려가봤는데 고구마를 삶아줄 할머니가 보이지 않았다. 할머니는 자는 나를 내버려두고 고구마밭에 간 게 틀림없었다.

고구마도 없고 할머니도 없구나. 그리하여 나는 정말로 혼자구나. 하늘 아래 혼자 남겨진 기분이 들자 사무치게 서러워 눈물이 났다. 근처에 있는 고구마밭에 눈물범벅인 채로 찾아가야겠다고 생각했다. 비참하게 우는 꼴을 보여주며 할머니를 미안하게 만들 작정으로 눈물이 멎지 않게 애쓰며 밭을 향해 걸었다.

턱없이 큰 할머니의 보라색 고무 슬리퍼를 질질 끌고서 숨 쉴 때마다 부풀어 오르는 왕건이 콧물 방울을 내심 즐기며 서럽게 시골길을 걷는데 좁은 꼬부랑길에 엄청나게 큰 사마귀가 서 있었다. 길은 하나뿐이었고 사마귀는 비켜줄 생각이 없어 보였다. 땡볕 아래서 영겁 같은 몇 분을 왕사마귀와 대치 상태로 서 있었다. 뒤로 후퇴하자니 할머니에게 우는 모습을 보여줄 수 없었고, 앞으로 가자니 사마귀가 내 발가락을 뜯어먹을 것이 분명해 보였다. 그래서 나는 선 채로 오줌을 지렸다. 배도 고프고, 날은 덥고, 보라색 슬리퍼는 걸리적거리고, 오줌은 나와버렸고, 모든 상황이 절망스러워서 나는 악을 쓰며 울었다. 울면서도 코에서 뿜어 나오는 콧물 방울이 이렇게 커질 수 있는 건가 신기해했다. 조금만 더 커지면 그걸 타고 하늘로 둥실 떠오를 수도 있을 것 같았다.

내가 우는 소리를 들었는지 화려한 몸뻬 바지를 가슴 밑까지 끌어올린 할머니가 멀리서 흙바람을 일으키며 종종걸음으로 뛰어오고 있었다. 손에는 호미가 들려 있었다. 왜인지는 모르겠지만 내 꼴을 본 할머니가 호미로 엉덩이를 때릴 것 같다는 생각이 들어서 냅다 뒤돌아 도망쳤다. 난데없이 펼쳐진 이상한 추격전이었다. 뒤에서 할머니가 "아야, 이슬아! 야!" 하고 불렀다. 조금 뛰다가 사마귀가 생각나서 뒤를 돌아봤다. 할머니는 아직 사마귀를 보지 못한 것 같았다. 할머니의 호미라면 사마귀 정도는 이길 수 있을 것 같아서 무시하고 마저 뛰려고 했는데 무방비 상태의 할머니가 질 수도 있었기 때문에 사마귀의 존재를 알려야겠다 싶었다.

"할머니! 사마귀!"

할머니가 뛰다 멈추어 발치의 사마귀를 쳐다보았다.

"사마귀가 물었어!"

거짓말을 했다. 호미에 맞지 않으려면 내가 오줌을 싸고 얼굴을 엉망으로 더럽히며 울고 있었던 죄를 뒤집어씌울 대상이 필요했다. 그리고 사실 사마귀 때문에 오줌을 싸고 얼굴이 콧물 범벅이 된 건 어느 정도 사실이었으니까. 할머니는 별 망설임 없이 사마귀를 뻥 차서 허공으로 날렸다. 작은 포물선을 그리며 도랑으로 떨어지는 사마귀를 콧물을 닦으며 지켜보았다. 할머니가 성큼성큼 내 앞으로 걸어왔다.

"사마귀가 물었어요."

상처 하나 없이 깨끗한 발목을 손톱으로 벅벅 긁으며 가리켰다. 할머니가 쪼그려 앉아 잠시 들여다보더니 "괜찮다" 하며 내 발목을 툭툭 털었다. 나는 머쓱해서 배고프다고 말했다. 할머니가 앞서 걸으며 "까자 사줄까나?" 하고 물었다. 슬리퍼를 질질 끌며 할머니의 종종걸음을 바쁘게 쫓아갔다.

구멍가게 과자 코너에 쪼그려 앉아 뭘 고를지 한참 고민했다. 할머니는 손부채질을 하며 가게 밖에 서 있었다. 조금만 더 지체했다간 할머니한테 한 소리 들을 것 같아서 오징어먹물새우깡을 집었다. 과자 한 봉지를 만족스럽게 끌어안고 할머니를 따라 밭으로 갔다. 할머니가 동네 친구들과 고구마를 캐는 동안 나는 밭에 있는 둔덕에 팬티 바람으로 앉아 바닥을 기는 온갖 벌레들을 관망하며 먹물새우깡을 오독오독 씹어 먹었다. 밭에서 일하던 할머니들이 내가 먹는 과자를 보고선 다들 한마디씩 했다.

"쩌래 씨꺼먼 거 먹으면 이빨 몽창 썩는 거 아녀?"

"쩌것이 까자여? 뭔 까자가 저 모냥이다냐."

"아야, 아가 맛있냐?"

할머니들한테 한번 드셔보라고 선심 쓰는 척 가장 작은 새우 깡을 애써 골라 건넸는데 다행히 모두 거부했다. 그중 한 할머니 는 차라리 흙을 먹고 말겠다는 심한 소리도 했다. 이러나저러나 할머니들이 내 새우깡을 탐욕스럽게 뺏어 먹지 않아 다행이라고 생각하며 과자 가루가 묻은 손가락을 쪽쪽 빨았다. 우리 할머니 도 내가 시커먼 과자를 먹는 게 못마땅한 눈치였지만 그래도 한 봉지 쥐여주니 말짓 않고 조용히 있어서 그랬는지 별말 하지 않 았다. 그 뒤로 할머니는 내가 울기만 하면 구멍가게에 가서 먹물 새우깡을 사 와 안겼다. 나는 먹물새우깡이 먹고 싶어서 일부러 눈물을 짜내기도 했다.

지독하게 더웠던 어느 날, 할머니와 마루에 앉아 담벼락을 바 라보며 각자 부채질을 하고 있었다.

"히유, 징그럽게 덥다잉. 매미 한번 징그럽게 울어 쌌네."

할머니는 정작 징그러운 사마귀는 잘도 뺑뺑 차면서 왜 더위 랑 매미 소리는 징그러워하는 걸까. 할머니가 더위에 초점을 잃 어가는 나에게 "수박 쪼개줄까나?" 하고 물었다. 나는 먹물새우깡이 먹고 싶다고 대답했다.

"그 씨-꺼먼 게 징그럽기만 하드만 뭐가 그렇게 맛있다고 죙일 끼고 앉았냐. 수박 먹어."

"먹물새우깡."

할머니는 찌는 더위 탓에 구멍가게에 같이 갈 힘도 없었는지 주머니를 뒤져 1,000원짜리 두 장을 쥐어줬다. 잔돈으로 너 먹고 싶은 거 더 집어 오니라 하고 말하는 할머니가 선녀처럼 보였다. 나는 '아싸!' 쾌재를 부르며 운동화를 대충 구겨 신고 구멍가게로 달려갔다. 먹물새우깡 한 봉지와 아이스크림, 사탕 등을 골고루 집어 계산을 하려다가 몇 개를 도로 내려놓고 먹물새우깡을 한 봉지 더 샀다. 집으로 돌아와서 마루에 앉아 있는 할머니에게 먹물새우깡 한 봉지를 까서 건넸다. 내 몫의 한 봉지를 만족스러운 얼굴로 집어 먹는 나를 물끄러미 바라보던 할머니가 "이런 게 뭐가 맛있다고" 하며 하나를 집어 깨물었다.

우리는 한참 동안 말없이 새우깡을 먹었다. 징그럽게 시끄러운 매미 소리 사이로 할머니와 나의 오도독거리는 소리가 규칙적으로 끼어들었다. 나는 그때 조금 행복했던 것 같다.

저녁 때 아빠가 할머니한테 전화를 했다. 나를 찾으러 가는 길이고 30분쯤 걸릴 것 같다는 내용이었다. 아빠가 뭐 필요한 게 있으면 사 가겠다고 말했다. 할머니는 별 필요한 거 없다고 말하다가 전화를 끊기 전, 한마디 했다.

"강 서방, 슈퍼 들러서 먹물새우깡 좀 사 오게."

내가 듣고 있는 걸 알면 할머니가 부끄러워할 것 같아서 일부러 달력으로 딱지를 접는 일에 집중하는 척했다.

저녁상을 치웠을 때 대문에서 아빠의 목소리가 들렸다.

"이슬아!"

나는 수년 전 잃었던 주인을 만난 개처럼 허둥거리며 대문으로 튀어 나갔다. 아빠가 양손 가득 먹물새우깡을 사 들고 마당에 서 있었다. 할머니도 "강 서방 왔는가?" 하며 문밖으로 나왔다. 할머니는 아빠 손에 들린 먹물새우깡 봉지를 보고 머쓱했는지 "야가 만날천날 달고 살길래 나도 한번 먹어봤더만 꼬숩고 짭쪼름한 게 먹을 만하드라고" 하며 아빠 손에 있는 먹물새우깡을 받아 들었다. 나는 기세가 등등해져서 가슴을 잔뜩 펴고 말했다.

"할머니! 먹물새우깡 징그럽게 맛있지?"

아빠가 할머니께 존댓말 하라고 한마디 했다.

완전한 타인에게만
말할 수 있는 비밀

용다방에서 글을 한 편 쓰고 나오는데 합정동 골목길에 벚꽃이 흐드러지게 피어 있었다. 꽃핀 모양새가 가히 풍요롭고 탐스러워서 꽃망울에서 과즙이라도 후드득 떨어질 것 같았다. 무거운 장대비나 쏟아져서 내 속도 모르고 마음껏 분홍인 저 꽃 뭉텅이들 좀 말끔히 쓸어냈으면 하고 바랐다.

나는 심술이 잔뜩 나 있었다. 내 마음대로 되지 않는 그 애 마음 때문에 짜증이 났고, 내 마음대로 되지 않는 내 마음은 더 짜증 났기 때문이다. 친구들에게 술이나 먹자고 연락을 돌렸다. 나갈 수 없어 미안하다는 답장만 잔뜩 받았다. 오늘은 집에서 아주 슬픈 영화나 보면서 궁상을 떨어야겠다고 생각했다.

집으로 가던 길, 근처의 단골 술집 'URI HOME'이 열려 있었다. 당장 술을 마셔야겠다고 생각했다. 성급하게 문을 열고 들어가서 노트북 삼매경이던 혁이 형에게 다짜고짜 맥주를 꺼내라고 소리치듯 주문했다. 형은 놀란 기색도 없이 버드와이저를 한 병 꺼내주더니 밥 차려줄까 하고 물었다. 나는 됐고 앉아서 내 이야기나 들으라고 말했다. 형이 자기 몫의 위스키를 머그잔에 따라 내 앞에 앉았다.

"형, 나 짝사랑 중인데 기분이 너무 거지 같아."

"거지 같겠다."

우리는 술잔을 짠 부딪쳤다.

"어떻게 해야 걔를 안 좋아할 수 있을까?"

"걔를 꼬시는 방법을 알려달라고 해 차라리."

"아니! 안 좋아하고 싶어. 혼자서 좋아하는 게 너무 빡쳐."

형이 짝사랑 처음 해보느냐고 물었다. 나는 처음이라고 대답했다. 짝사랑도 하고 부럽다는 대답이 돌아왔다. 형은 이제 누가 좋더라도 심하게 좋아하지 않을 수 있댔다. 잘될 것 같지 않은 사랑이라면 금세 정리할 수 있기 때문에 이렇게 사랑에 열불

내는 내가 차라리 부럽다고 말했다. 나는 형이 부러웠다. 30대엔 나도 좀 발랑대지 않고, 오지 않을 사랑을 차분하게 스쳐 보내고, 다가오는 마음을 조금 경계하게 될까. 나이가 들면 자연스레 가능해지는 일일지 궁금했다. 그건 형의 나이가 되어봐야지만 알 수 있을 거였다.

맥주를 한 병 다 비워갈 즈음 손님 둘이 들어왔다. 곧이어 혼자 온 손님도 들어와 내 옆에 앉았다. 형이 서비스로 피자를 만들어 내어주었다. 여자 넷이 바에 둘러앉아 피자와 맥주를 나누어 먹으면서 내 짝사랑 이야기를 했다. 모르는 사람들 앞에서 짝사랑 때문에 속상해하는 스물아홉 살짜리 푼수가 되는 것은 조금 창피했지만 꽤 개운한 일이었다.

나보다 나이가 많은 그녀들은 호기심에 반짝이는 눈을 숨기지 않고 내가 좋아하는 애에 대해 과감한 질문들을 했다. 어차피 그녀들은 그 애를 모를 터였다. 나는 조금 취한 김에 가벼운 마음으로 어쩌다 그 애한테 반하게 되었는지부터 어떤 식으로 고백을 거절당했는지까지 조잘조잘 떠들었다. 그녀들은 박수를 치며 공감하다가도 손사래를 쳐가며 내 사랑을 반대했다. 그중 한 언니가 자신의 짝사랑 역사를 늘어놓기 시작했다. 1년도 넘게 속앓이를 했댔다. 고작 몇 주도 이렇게 빡치는데 1년도 넘는 짝사랑이라니, 나는 어깨를 잔뜩 움츠리고서는 너무 끔찍하다고 말했다.

그녀는 흑역사에 가까운 해프닝들을 풀어내며 자신의 짝사랑이 얼마나 달콤하고도 해로웠는지를 이야기했다. 모르는 사람의 가슴앓이 역사를 이토록 구체적으로 알아도 되는 것인지. 황송했다. 짝사랑 이야기가 한차례 휩쓸고 간 후, 우리는 실패한 사랑을 이야기했다. 내 옆에 앉아 조용히 이야기만 듣던 언니가 본인의 비참했던 사랑에 대해 입을 열었다. 가장 친한 친구에게도 차마 말하지 못한 비밀이랬다. 그 이야기를 내가 처음으로 듣게 되다니 바짝 긴장이 되어 꼬았던 다리를 풀고 허리를 바르게 폈다.

그녀의 이야기는 김건모의 〈잘못된 만남〉 프리미엄 업그레이드 버전이었다. 이렇게 파격적인 이야기를 생판 남인 내가 알아버렸는데 그녀는 아무렇지도 않은 표정이었다. 엄청난 이야기를 듣고 나는 약간 얼이 빠지기도 하고 마땅히 해줄 리액션이 떠오르지도 않아서 맥주병을 들었다. 그녀도 잔을 들어 내 병에 부딪쳤다.

맥주를 몇 모금 마시고 나서도 딱히 할 말을 못 찾겠어서 나는 미안하다고 사과했다. 무엇이 미안하냐고 묻는 그녀에게 위로해주고 싶은데 너무 심한 일이라서 무슨 말로 위로해야 할지를 잘 모르겠다고 대답했다. 그녀는 고개를 갸웃하더니 "자기 위로해주려고 한 말인데? 짝사랑보다 더 거지 같은 일 많으니까 괜찮아요" 하고 말했다.

그 심드렁한 한마디가 실로 위로가 되어서 왠지 내일부터는 짝사랑에 심하게 빠치지 않을 수도 있겠다고 생각했다. 거의 빈 맥주잔을 휘휘 돌리는 그녀를 보며 나는 궁금했다. 어째서 가까운 친구에게도 말할 수 없어 꼭꼭 숨겼던 이야기는 때로 모르는 사람 앞에서 허술하게 터져 나오는 것일까. 본디 비밀이란 정말 믿을 수 있는 사람에게 "정말 비밀이야. 정말 정말 아무에게도 말하지 마!" 하고 거듭 약속을 해야만 조금만 의심하면서 털어놓을 수 있는 것 아니었나. 완전한 타인을 향한 대책 없는 신뢰라니, 아이러니했다. 비밀 유지를 기대하지 않아서 더욱 부담 없이 말할 수 있는 걸까.

거대한 비밀들이 아무렇지도 않게 오가는 바에서 내 짝사랑이 잔뜩 하찮아지는 느낌은 제법 괜찮았다. 어스름한 바깥에서는 비가 내리고 있었다. 싱싱한 벚꽃은 그깟 봄비 따위에 떨어질 생각이 없어 보였다. 다행이었다. 내일부터는 벚꽃의 분홍에도 속상하지 않을 것 같았기 때문이다.

행복한
식고문

엄마는 빈대떡을 한번 하면 스무 장을 넘게 부쳤다. 김밥을
싸는 날이면 식탁 위에 산처럼 쌓여 있는 재료 때문에 김밥을 마
는 엄마의 얼굴이 잘 보이지 않았다. 장조림은 김치냉장고용 김
치 통 두 통에 꽉 채워 만들었다. 잘 먹는 네 식구가 고깃집에서
외식을 한번 하면 몇십만 원이 우습게 나갔기 때문에 우리는 뭔
가를 기념하고 축하해야 하는 특별한 날이면 롯데마트에 갔다.
롯데마트에서 카트 하나를 고기와 회와 과일로 가득 채워 외식
같은 집밥을 먹었다. 2박 3일 캠핑을 떠났던 날, 음식을 담은 커

다란 박스만 일곱 개였다. 따라온 박이 9인 승 카니발에 꽉 찬 짐을 보고 이민 가는 거냐고 물었다. 죄다 음식이라는 내 대답에 박이 "역시……" 하고 짧게 감탄했다.

친구들은 tvN 〈응답하라〉 시리즈에서 산더미같이 음식을 만들어 가족들을 당황케 하는 이일화 아주머니를 보고 우리 엄마를 떠올렸다. 손과 위가 큰 부모님 밑에서 나와 동생은 많이 먹으며 자랐다. 지금은 10년째 자취를 하면서 양이 많이 줄었지만 대학교 때까지는 라면 두 개를 끓여 먹어도 배가 차지 않아 고봉밥을 추가로 말아 먹었다. 간식으로 햄버거까지 해치우고 나서야 좀 든든하다고 느꼈다. 회사 선후배, 동료 들은 내가 먹는 양을 보고 놀랐다. 먹방을 권하는 사람도 적지 않았다. 먹는 것은 즐거웠고 맛있는 음식은 나를 행복하게 했다. 그래서 어릴 땐 리포터가 되고 싶었다. 전국을 돌아다니며 그 지역의 특산물을 맛보는 TV속 리포터의 환한 미소를 부러워했다.

요즘 나는 tvN의 〈놀라운 토요일〉이라는 프로에서 일하며 전국 전통시장의 유명한 맛집을 찾아다닌다. 처음에는 무척 행복했다. 평소에는 멀고 외져서 가볼 엄두가 나지 않는 지역의 특산물을 회삿돈으로 양껏 맛보는 것이 일이라니. 리포터는 못 되었지만 어릴 적 꿈을 어느 정도 이룬 것이나 다름없다고 생각했다.

먹는 일에는 언제나 자신이 있었으므로 천직이라고까지 느꼈다. 하지만 좋아하는 것도 일이 되면 지치게 마련이다. 이 일을 1년째 하고 있는 요즘, 답사 전날이면 다음 날 먹어야 할 엄청난 양의 음식 생각에 벌써부터 과식으로 인한 환상통에 시달린다.

답사를 한번 가면 평균 스무 곳 이상 식당에 들러 음식을 맛보고 솜씨 좋은 식당을 섭외해야 한다. 한 식당에서 딱 한 입씩만 먹는다면 정말 좋겠지만 그럴 수 없다. 음식 맛이 좋아서 한 입만 먹고 수저를 내려놓기가 힘들고, 만약 고도의 절제력을 발휘하여 맛만 본 채로 수저를 내려놓는다면 남은 음식을 보고 실망한 사장님을 섭외하기가 힘들어진다. 먹는다고 먹었는데도 어쩔 수 없이 남긴 음식을 보면 사장님들은 슬픈 얼굴로 묻는다.

"입에 안 맞아요? 맛이 없나요?"

혹여 사장님이 속 쓰려 할까 봐 부른 배를 붙잡고 해명한다.

"저희가 오늘 식당을 스무 개 정도 가야 해서요. 정말 죄송합니다. 하지만 진짜 진짜 맛있었어요."

따라서 식당에 들어가 음식을 주문할 때 늘 잊지 않고 하는 말이 있다.

"가격은 그대로 지불할게요. 1인분 같은 2인분 주세요."

추가 요청 사항이 무색하게 눈앞에 펼쳐진 음식은 푸짐하다.

이게 어떻게 된 일이냐고 물으면 평소보다 훨씬 조금 준 것이라는 사장님의 대답이 돌아온다. 시골의 인심은 서울과 비교할 수 없이 후하다. 그런 사장님의 인심을 모른 체할 수 없어 일단 맛있게 먹다 보면 사장님들은 서울서 온 아가씨들이 잘 먹는다며, 지방까지 내려오느라 필시 배가 많이 고팠을 거라고 바쁘게 덤을 내오신다. 1인분도 더 되어 보이는 여러 종류의 서비스 음식들이 상 위에 오른다. 한사코 거절하면 "딸 같아서 그래~"라는 무적의 한마디를 음식 위에 얹어주신다.

음식보다 뜨끈한 사장님의 한마디에 무력화된 작가들은 배가 터질 것 같지만 정말 감사하다고 대답한 뒤 다시 숟가락을 든다. 돈을 지불한 음식은 남겨도 그나마 덜 죄송한데 서비스 음식을, 특히 허리가 굽은 할머니 사장님이 내어주시면 도저히 남길 수가 없다. 혀는 맛을 느끼는 기능을 잃은 지 오래이므로 관성으로 턱 근육을 움직여 뜨끈한 것을 씹는다. "어휴, 죽겠다"라는 말이 한 숟가락에 한 번씩 나온다. 배 속이 찌릿한 것이 분명 위가 찢어져버린 것 같은데 그릇은 바닥을 드러낼 기미가 없다. 지금 당장 죽으면 오늘 죽은 귀신 중에 내 때깔이 가장 곱겠구나 하고 생각한다.

지방 답사를 마치고 서울로 올라가는 길은 공포에 가깝다. 답답한 차에 몸을 싣고 몇 시간을 가는 동안 토하지 않을 자신이 없다. 그렇다고 달리 선택권이 있는 것도 아니기 때문에 '강이슬 파이팅!'을 주문처럼 외며 차에 오른다. 스타렉스에 몸을 싣고 오늘 먹은 음식들이 어디쯤 내려가 있을지를 생각한다. 배 속의 음식들은 빈틈없이 꽉꽉 맞물려서 도저히 오늘 안에 소화될 것 같지가 않다. 속이 부대껴서 앉을 수도 누울 수도 없다. 찢어진 위를 깁는 마음으로 눈을 감고 신중하게 숨을 고른다. 스타렉스가 덜컹거릴 때마다 튀어나오려고 식도를 두드려대는 음식들을 억지로 삼킨다.

집에 돌아와 참담한 마음으로 체중계에 오른다. 아침보다 최소 3킬로는 더 무거워져 있다. 제발 살이 되지 않고 똥으로 나오길 기도하며 소파 위에 앉음과 누움의 중간 자세로 널브러진다. 일주일에 한 번씩 폭식을 닮은 과식을 1년째 하다 보니 살이 꽤 많이 쪘다. 주짓수, 러닝, 실내 바이크 등 땀을 빼는 운동을 취미로 하고 있지만 점점 커지는 몸을 보며 다이어트는 역시 '식단 조절'이라는 사실을 뼈저리게 절감한다.

오랜만에 고향 집에 내려갈 때면 그리워야 할 부모님의 음식이 두렵다. 잔칫상을 차려낼 부모님을 진정시킬 요량으로 기차에서 전화를 건다. 전화를 받은 아빠가 상기된 목소리로 커다란 오리 한 마리를 벌써 가마솥에 삶고 있는 중이라고 말한다. 나는 이미 늦었구나 싶어 포기한 마음으로 제대로 우러난 국물에 죽을 끓여 먹으면 기가 막히겠다고 한술 더 떠 맞장구를 친다. 아빠가 저녁으로 먹을 삼겹살을 다섯 근이나 사 왔다는 말을 덧붙인다. 놀라서 셋이 먹는데 무슨 다섯 근이냐고 물으면 나중에 모자라다는 소리나 하지 말라며 핀잔이다. 전화를 바꿔 든 엄마는 나 좋아하는 과일을 벌써 몇 박스 들여놨고, 가리비도 한 자루 사 왔으니 얼른 오란다. 당최 어떤 가정집에서 가리비를 자루 단위로 산단 말인가. 전화를 끊고 나는 이제 죽었구나 생각한다. 1박 2일 동안 과연 몇 끼나 먹게 될지 걱정하며 심호흡을 한다.

익산역에 마중 나온 아빠는 차에 탄 내 얼굴을 보자마자 왜 이렇게 말랐느냐며 일 때문에 고생하는 거냐고 울상이다. 룸미러에 비친 내 얼굴에는 기름기가 잘잘 도는데, 아빠는 귀신을 보고 있는 것일까. 아빠한테 5킬로도 더 넘게 쪘으니 걱정하지 말라고 말한다. 시골집 대문을 열고 들어가면 강아지가 세 마리 튀어나와 나를 반긴다. 엉덩이가 통통하고 털에 윤기가 번지르르한 게 너희도 역시 잘 먹고 있구나 싶다. 정신없이 반기는 강아지들의 배를 긁어주고 있으면 엄마가 마당으로 내려와 마치 자신이 강아지인 양 목소리를 낸다.

"누나 왔어? 보고 싶었어!"

강아지 흉내를 내는 통통하고 작은 엄마를 꼭 껴안는다. 머리
카락에서 따뜻한 밥 냄새가 난다. 손이 젖은 것을 보니 방금까지
부엌에서 밥을 하고 있었나 보다. 엄마가 "밥 먹어야지?" 하고
묻는다. 전혀 배고프지 않지만 엄마 기분 좋으라고 배고프다고
대답한다. 엄마는 여태 밥도 안 먹고 뭐 했느냐며 미간을 찌푸린
다. 배부르다고 말했어도 밖에서 안 좋은 거 사 먹고 배불렀다고
미간을 찌푸렸을 게 빤해서 엄마 밥 먹으려고 굶었다고 애교를
부린다.

엄마는 내 넘치는 뱃살과 펄럭이는 팔뚝 살을 더듬으며 "시
상에, 뼈빡에 없네 뼈빡에 없어!" 하고 큰 소리를 낸다. 누가 들
을까 봐 무서워서 서둘러 집으로 들어가는 내 엉덩이를 손으로
주물럭거리며 "오메, 히프짝이 다 삐쩍 말라브렀고만! 다이어트
하느라고 굶냐?" 한다. 어이가 없어서 웃음이 나온다.

편한 옷으로 갈아입고 식탁에 앉는다. 아빠가 일찍부터 가마
솥에 고았다는 오리백숙과 젓갈 가득 넣고 담근 전라도식 김장
김치를 보니 어쩔 수 없이 군침이 돈다. 엄마가 오리 다리를 먹
음직스럽게 뜯어 내 접시에 담아주더니 다시 부엌으로 간다. 앉
아서 같이 먹자고 불렀더니 나 주려고 제육볶음을 해놨다며 고

기를 덜어 온다. 김이 펄펄 오르는 오리백숙 옆에 제육볶음이 한 판 오른다. 뒤이어 잡채랑 부추전이랑 가리비찜이랑 온갖 나물이 한 자리씩 차지한다. 답사 차 식당 열 군데를 돌며 먹었던 음식들이 우리 집에서는 한 큐에 차려진다.

내 양을 한참 오버해서 한 판 푸지게 먹고 나면 엄마는 이미 주걱을 든 채로 한 그릇 더 먹을 거냐고 묻는다. 더는 무리라고 지친 표정을 보이면 엄마는 왜 이렇게 양이 줄었느냐며 혀를 찬다. 내가 상을 대충 치우는 사이 엄마는 과일을 씻는다. 눈 깜짝할 새에 과일 쟁반에 파인애플과 키위와 사과와 포도와 멜론이 굴러떨어질 듯 위태롭게 담긴다. 아빠가 과일을 큼직하게 깎고 있으면 엄마가 후식이라며 길고 굵은 가래떡과 꿀을 내온다.

하하, 행복하다. 이것은 행복한 고문이다.

이 터널의 끝에는
뭐가 있을까

〈SNL〉막내 작가 때 만난 동기들을 지금도 자주 만난다. 우리가 만난 지는 벌써 햇수로 6년째다. 처음 만났을 때보다 썩고 늙은 우리는 아직도 만나기만 하면 주책맞게 막내 작가 시절 이야기를 한다. 우리는 인생에서 가장 배고프고 서러웠던 그 시절로 절대 다시 돌아가고 싶지 않아 하면서도 사실 그리워하는데, 돌아가고 싶지 않은 이유는 배고픔과 과로와 쫄림 때문이고, 그리워하는 이유는 아무래도 우리가 변태라서가 아닐까.

친구의 친척 동생이 잠깐 방송작가를 꿈꾼 적이 있다. 왜 방송작가가 되고 싶으냐고 물었더니 "연예인을 가까이에서 보고 싶어서"라는 대답이 돌아왔다. 연예인들의 무대를 가까이에서 보는 것이 황홀하지 않으냐는 질문과 함께. 현업 방송작가로서 감히, 한창 꿈꿔야 할 미성년자의 장래 희망을 단호하게 반대했다. 방송국에서 일하게 되는 순간 매일 보는 연예인은 그저 어렵고 불편한 상사일 뿐 불가근불가원의 상대 그 이상도 이하도 아니라고 말해주었다. 너는 연예인들의 무대 앞에서 다음 스케줄을 걱정할 것이며, 예고에 없었던 연예인의 애드리브에 기뻐하기는커녕 지체되는 시간을 체크하느라 그의 불꽃 애드리브를 원망하게 될 것이라고 으름장을 놓았다.

방송국은 하루하루가 상상 이상으로 아사리판이다. 내가 저지른 실수들과 남이 내지른 쓴소리들을 감당하며 대상포진에 걸리지 않으려고 애쓰는 것만으로도 벅차 쓰러질 지경인데 연예인이라니! 연예인과의 어떤 내밀하고 개인적인 팬 미팅 같은 것을 상상하고 방송작가가 되었다간 아마 1년도 못 되어서 지난날의 치기 어림과 어리석음을 심각하게 자책할지도 모른다.

구체적인 예를 들어보자. 만약 막내 작가인 당신이 자료를 전달하러 가는 길에 최애 연예인이 첫눈에 반했다며 데이트를 청한다면 어떤 선택을 할 것인가. 드라마라면 "당신을 기다렸어요"라고 말한 뒤 품 안에 든 자료를 미련 없이 허공에 흩날리고 최애의 검고 커다란 밴에 몸을 실어 봄바람을 만끽하러 떠나겠지만 이곳은 현실이다. 나는 100퍼센트의 확률로 "아, 제가 지금 3분 안에 선배한테 이 자료를 넘겨야 해서요. 지금 당장 뛰지 않으면 뒈질지도 몰라요"라고 일언지하에 거절할 것이다. 선배에게 품은 두려움 앞에서 최애를 향한 사랑은 잽도 안 된다.

실제로 내 동기는 고등학교 시절부터 박재범의 열렬한 팬이었는데 매주 보는 박재범에게 무표정으로 대본을 전달해야만 했다. 좋아하는 연예인 앞에서 티 내지 않는 것이 작가의 미덕이라고 선배들에게 배웠기 때문이다. 몇 달 동안 최애 연예인 앞에서 혼신의 힘을 다해 포커페이스를 유지하던 동기는 박재범의 마지막 방송에서야 와르르 무너진 얼굴로 "저 사실 오빠 팬이에요"라고 간신히 한마디 했다. 그녀가 최애와 나눈 처음이자 마지막 대화였다.

막내 작가 시절, 산처럼 쌓인 수많은 일 중 나를 가장 힘들게 했던 것은 아이템 짜기였다. 매주 새로운 콩트를 만들기 위해 시의성 있고 참신한 아이템을 월요일, 화요일, 수요일마다, 때로는 금요일까지 여섯 개씩 제출해야 했다. 애써 짜 온 아이템 여섯 개를 열 명이 넘는 선배 앞에서 떨리는 목소리로 발표하는 순간은 지옥 그 자체였다. 우습다고 들고 온 아이템이 왜 우스운지 주절주절 설명하다 보면 요점을 잃고 미궁에 빠지는 경우가 허다했다. 망했다 싶어 힐끗 쳐다본 선배들의 미간에는 궁서체로 쓰인 대문짝만 한 '노! 잼!' 글자가 분명하게 보였고 아이템 발표를 끝마친 뒤 잠깐 동안 찾아오는 침묵의 심판 시간에 나는 호흡 곤란을 일으키며 뒤로 넘어가지 않으려고 이를 꽉 깨물고 괄약근에 힘을 주었다.

대부분의 아이템은 선배들의 굳은 얼굴 앞에서 떨리는 목소리와 함께 증발했다. 선배들의 무반응 돌려차기와 무거운 한숨 어퍼컷에 얻어맞은 우리 막내들은 멘탈이 곤죽이 되었다. 나중에는 밤을 새워가며 기껏 준비한 아이템을 발표하기 전에 "이건 그냥 한번 생각해본 건데요, 재미는 없고요" 식의 쓸데없는 말을 덧붙여 알아서 김을 뺐다.

나와 동기들은 아이템 압박에 너무 시달린 나머지 자주 악몽을 꿨다. 실컷 준비해 온 아이템을 저장하지 않고 날려버리거나, 거지 같은 아이템을 들고 왔다고 선배한테 혼나거나, 칭찬받아 녹화까지 끝낸 아이템이 알고 보니 타 방송 표절이었다거나, 이런 종류의 악몽을 꾼 다음 날이면 온몸에 흥건한 식은땀을 닦아내고 '악몽'을 소재로 한 아이템을 생각했다. 길을 걷다가 고장

난 신호등을 보면 신호등 관련 아이템을 생각했고, 목욕탕 온탕에 앉아서는 나체의 상황에서 벌어질 수 있는 콩트를 고민했다.

나와 동기들은 감정 없이 맹목적으로 아이템만을 쫓는 아이템 좀비처럼 생활 곳곳에서 소재를 찾기 위해 정신없이 눈알을 굴렸다. 나중에는 버거킹에서 늦은 저녁을 때우며 마요네즈에 절은 양상추를 보고 아이템을 짜는 경지에 올랐다. 동기가 초점 잃은 눈으로 "야, 마요네즈 없이 밥 못 먹는 사람 아이템 어떠냐? 콜라에도 마요네즈 뿌려 먹고 그런 거" 하고 말하면 나는 건조한 목소리로 재밌다고 대충 반응한 뒤 다음 날 '마요네즈 중독자' 아이템을 발표하며 쪽팔려서 죽고 싶어 할 동기를 속으로 애도했다.

아이템을 짜는 것이 정신적 고문이었다면 생방송은 육체와 정신을 통째로 믹서에 갈아 넣는 고문이었다. 첫 생방송을 일주일 앞두었을 때, 매일 밤 청심환을 먹을지 말지 고민했다. 야근을 마치고 잠자리에 누우면 심장을 조여오는 불안과 긴장감 때문에 차라리 이불을 박차고 다시 회사로 출근하고 싶었다. 눈을 감으면 내 실수로 망하게 될 생방 상황이 선연하게 머릿속에서 플레이되었기 때문이다. 당시 나는 내 실수로 생방송을 망칠 수 있는 5만 6,000여 가지 정도의 경우의 수를 우려했다. 대부분이

'내가 실수로 카메라 앞을 지나가면 어떡하지. 지나가는 순간 그 사실을 깨닫고 경악한 얼굴로 카메라 앞에서 굳어버리면 어떡하지? TV를 보던 전 국민이 내 놀란 얼굴을 보고 더 놀라면 어떡하지' 같은 절대 일어나지 않을 상황에 대한 걱정이었다. 절대 발생하지 않을 사고를 진심으로 오랫동안 걱정하는 것은 정말 피로하고 괴로웠다.

대망의 생방송 당일, 바빠 죽겠는데 어제까지 멀쩡하던 프린터는 갑자기 고장 나고, 연예인들이 봐야 할 40여 장의 A3 용지 프롬프터*는 쏟아져 뒤죽박죽 섞여버리고, 대본 리딩 때 연예인들 앞에서 참고 영상으로 튼 동영상은 소리가 나오질 않고, 선배가 긴급하게 요청한 자료는 이리저리 뛰어다니느라 까먹어버리고. 하여간 그야말로 아사리판이었다. 배우들이 연기하는 무대 앞에서는 '내가 자막을 잘 넘겼던가', '다음 콩트 프롬프터를 틀림없이 잘 만들었던가', '생방송 방청객 수를 오버하지 않고 잘 맞췄던가', '선배들 드실 도시락을 센스 있게 종류별로 주문했던가' 등을 끊임없이 생각하느라 난생처음 보는 무대를 즐기지도 못했다. 그러다 정신을 차려보니 밴드가 엔딩 음악을 연주하는

---

* 연예인들이 방송을 진행하며 읽을 수 있도록 대사를 큰 글씨로 써놓은 것.

중이었다.

첫 생방송을 치명적인 사고 없이 무사히 마치고 혼이 빠진 채로 회식 자리에 쓸려 들어갔다. 술자리에는 먼저 도착한 제작진과 연예인 들이 오랜만의 생방을 자축하고 있었다. 정말 신기했다. 연예인이, 방송 뒤풀이 현장이 신기했던 게 아니라 내가 아직까지 쓰러지지 않고 술자리에 참석하고 있다는 사실이 신기했다. 동기들과 구석에 뭉쳐 앉아서 오늘 우리를 휩쓸고 간 하루를 목소리 낮추어 이야기했다. 말끝마다 '존나'와 '뒈질 뻔했다'가 붙었다.

어느 정도 술자리가 마무리될 무렵, 하늘 같은 메인 작가 선배가 우리 테이블로 자리를 옮겨 앉았다. 선배는 말했다.

"힘들지? 그래도 버텨. 버티는 게 이기는 거야."

그것이 선배의 진심이었는지, 혹은 선배가 온몸으로 부딪쳐 깨달은 생존 비법이었는지, 아니면 그냥 술버릇이었는지 모르겠지만 선배는 매주 회식 자리에서 우리를 볼 때마다 버티라고 격려했다. 그리고 나는 얼마 전 만난 다른 선배에게서도 힘들더라도 잘 버티라는 말을 들었다. 올해로 6년 차 작가인 나는 우스갯소리로 도대체 언제까지 버텨야 하는 거냐고 물었다. 10년 차인 그 선배가 자기도 잘 모르겠다며, 본인도 열심히 버티는 중이라고 말했다.

친동생은 3년 전 나를 따라 방송 작가가 되었다. 뜯어말리고 싶었지만 힘들면 어련히 나가떨어지겠지 싶어서 내버려두었는데 3년째 악착같이 버티고 있다. 동생은 일을 시작한 지 얼마 안 되었을 때 진심으로 힘들어서 죽고 싶다며 목을 놓아 울었다. 나는 동생을 달래며 "힘들지? 힘들어도 버텨야지"라고 말했다. 동생이 얼굴에 콧물을 잔뜩 묻힌 채 "버티긴 뭘 버텨. 힘들어서 죽고 싶다고" 하며 악을 썼다. 그러나 나는 달리 해줄 말이 없었다. 나조차도 버티고 있는 입장이므로 버텨보기만 한 나로서는 버티지 않고 어떤 방법으로 이 불안과 가난과 부조리와 비효율과 억울함을 끌어안고 살아야 하는지 모르기 때문이다.

막내도, 3년 차도, 6년 차도, 10년 차도 버티는 이곳. 가끔은 끝이 보이지 않는 터널 속을 오래오래 걷고 있는 느낌이다. 이 버팀의 터널 끝에 과연 광명이 있을까. 터널 끝에서 날 기다리고 있는 것이 매서운 눈보라나 폭풍우는 아닐까. 천둥 번개가 내리치는 폭우가 터널 밖에서 다리를 꼬고 기다리고 있을지도 모르니 일단은 빛도 없지만 낙뢰도 없는 터널 안에서 폭우를 견뎌낼 체력을 쌓아두는 셈 치고 씩씩하게 잘 걸어봐야겠다. 물론 터널 밖이 따사로운 햇살이 내리쬐는 잔디밭이라면 정말 좋겠다.

나는 존나 짱이다

나는 사르카슴을 흠모하는 변태이지만 동시에 꽤 긍정적인 인간이다. 웬만한 고난이나 역경에 잘 좌절하지 않는 내실 좋은 멘탈을 가진 편인데 눈앞에 펼쳐진 핵 거지 같은 상황에서도 멘탈을 유지하는 비결이 있다. 다소 비겁하지만 '남 탓', '세상 탓'을 한다. 크고 작은 '좆된 상황'을 맞닥뜨릴 때마다 나는 이렇게 생각한다.

'시벌탱, 나는 이렇게 놀라울 정도로 정상이고 훌륭한데 세상이, 나라가, 쟤가 좆 같아서 잘될 뻔한 일이 망해버렸구나.'

이런 식으로 그냥 막 생각하면 놀랍도록 마음이 가벼워진다. 너무 비겁하고 루저 같다고? 그런 생각이 드는 것도 다 이 세상 탓이다.

남의 말과 행동에 내상을 입을 때마다 SNS에 널린 힐링 글귀들, 이를테면 '너는 빛나는 존재야', '너니까 괜찮아', '넌 소중해' 이런 뜬구름 잡는 글들을 보면서 차오르는 눈물을 캔디처럼 삼킬 바에야 차라리 나를 물로 보는 세상이 가소롭고 어이없다는 듯 이마를 탁 치고 썩소를 지으면서 사실 개쩌는 내가 빛날 수 없는 이유는 너 때문이라고, 너는 꽝이고 나는 짱이라고, 이런 나를 알아보지 못한 댓들이 진심으로 안타깝다고 생각해버리는 편이 훨씬 효과적이다. 이 방법이 가진 (마력에 가까운) 매력은 혼자 생각만 하면 아무도 불편해지지 않으면서 나는 엄청나게 편해진다는 것이다.

내 탓이 아닐 때는 내 탓을 하지 말자. 내 탓일 경우에는 내 탓일 수밖에 없었던 상황을 애써 찾아 탓하며 정신 승리를 하자. 가만히 있어도 나를 까고 밟아대는 세상에서 나까지 자신을 코너로 모는 것은 너무 가혹하니까. 나라도 제대로 각 잡고 서서 내 편이 되어주는 것이 정신 건강에 이롭다.

사랑했던 연인에게 헌신하고 헌신짝이 되어버린 날, 꼰대들의 비위를 맞추느라 혓바닥이 너덜너덜해진 날, 믿었던 친구가 내 뒷담화를 하는 장면을 포착한 날, 몇 달간 고생한 프로젝트가 엎어진 날. 아무튼 그런 종류의 날이면 어두운 방에서 자책하며 굴을 파는 대신 세상 비장한 얼굴로 "나는 존나 짱이다!"를 되뇌자. 왜냐하면 그럼에도 나는 틀림없는 존나 짱이기 때문이다.

안
느끼한
산문집

초판 1쇄 발행 2019년 9월 1일
초판 11쇄 발행 2024년 2월 15일

지은이 강이슬
펴낸이 권미경
편집 김은경
마케팅 심지훈, 강소연
디자인 ROOM 501
펴낸곳 ㈜웨일북
출판등록 2015년 10월 12일 제2015−000316호
주소 서울시 마포구 토정로 47 서일빌딩 701호
전화 02-322-7187 **팩스** 02-337-8187
메일 sea@whalebook.co.kr **페이스북** facebook.com/whalebooks

ⓒ 강이슬, 2019
ISBN 979-11-88248-99-5 03810

소중한 원고를 보내주세요.
좋은 저자에게서 좋은 책이 나온다는 믿음으로, 항상 진심을 다해 구하겠습니다.

「이 도서의 국립중앙도서관 출판예정도서목록(CIP)은
서지정보유통지원시스템 홈페이지(http://seoji.nl.go.kr)와
국가자료공동목록시스템(http://www.nl.go.kr/kolisnet)에서 이용하실 수 있습니다.
(CIP제어번호: CIP2019031570)」